Clube do Crime é uma coleção que reúne os maiores nomes do mistério clássico no mundo, com obras de autores que ajudaram a construir e a revolucionar o gênero desde o século XIX. Como editora da obra de Agatha Christie, a HarperCollins busca com este trabalho resgatar títulos fundamentais que, diferentemente dos livros da Rainha do Crime, acabaram não tendo o devido reconhecimento no Brasil.

O JOGO DO ASSASSINO

Ngaio Marsh

Tradução
Érico Assis

Rio de Janeiro, 2023

Copyright © 1934 por Ngaio Marsh
This edition is published with the permission of International
Literary Properties LLC.
Copyright da tradução © 2023 por Casa dos Livros Editora LTDA. Todos
os direitos reservados.
Título original: *A Man Lay Dead*

Todos os direitos desta publicação são reservados à Casa dos Livros Editora LTDA. Nenhuma parte desta obra pode ser apropriada e estocada em sistema de banco de dados ou processo similar, em qualquer forma ou meio, seja eletrônico, de fotocópia, gravação etc., sem a permissão do detentor do copyright.

Diretora editorial: *Raquel Cozer*
Gerente editorial: *Alice Mello*
Editora: *Lara Berruezo*
Editoras assistentes: *Anna Clara Gonçalves e Camila Carneiro*
Assistência editorial: *Yasmin Montebello*
Copidesque: *Julia Vianna*
Revisão: *Vanessa Sawada e João Rodrigues*
Design gráfico de capa: *Giovanna Cianelli*
Projeto gráfico de miolo: *Ilustrarte*
Diagramação: *Abreu's System*

Dados Internacionais de Catalogação na Publicação (CIP)
(Câmara Brasileira do Livro, SP, Brasil)

Marsh, Ngaio, 1895-1982
   O jogo do assassino / Ngaio Marsh ; tradução Érico Assis.
— Rio de Janeiro : HarperCollins Brasil, 2023.

   Título original: A man lay dead
   ISBN 978-65-5511-415-7

   1. Ficção neozelandesa 2. Ficção policial e de mistério I. Título.

22-123764   CDD-NZ823

Índices para catálogo sistemático:

1. Ficção : Literatura neozelandesa   NZ823

Cibele Maria Dias – Bibliotecária – CRB-8/9427

Os pontos de vista desta obra são de responsabilidade de seu autor, não refletindo necessariamente a posição da HarperCollins Brasil, da HarperCollins Publishers ou de sua equipe editorial.

HarperCollins Brasil é uma marca licenciada à Casa dos Livros Editora LTDA.

Todos os direitos reservados à Casa dos Livros Editora LTDA.
Rua da Quitanda, 86, sala 218 – Centro
Rio de Janeiro, RJ – CEP 20091-005
Tel.: (21) 3175-1030
www.harpercollins.com.br

Nota da editora

Ngaio Marsh (1895-1982), nascida em Christchurch, Nova Zelândia, é considerada um dos maiores nomes da literatura de seu país. Uma mulher alta, de voz grave, apaixonada por moda, foi uma das pioneiras da sua geração, alcançando o posto de "Rainha do Crime" do século XX, ao lado de Agatha Christie (1890-1976), Dorothy L. Sayers (1893-1957), Gladys Mitchell (1901-1983) e Margery Allingham (1904-1966).

Escrito em 1931 e publicado três anos depois pelo britânico Geoffrey Bles — o mesmo editor dos cinco livros iniciais de As Crônicas de Nárnia, de C.S. Lewis —, *O Jogo do Assassino* foi o primeiro de 32 romances policiais que Marsh escreveu, todos estrelados pelo inspetor Roderick Alleyn. As obras alçaram a autora ao eixo cultural Europa-Estados Unidos, um feito raro para quem morava e escrevia da Nova Zelândia, país separado tanto geograficamente quanto, naquela época, pela dificuldade de comunicação com o restante do mundo.

No auge de sua popularidade, ela foi tão famosa quanto Agatha Christie, chegando a ser nomeada Dama-Comendadora (DBE) do Império Britânico em 1966 por suas contribuições à literatura e às artes, e tendo se tornado, em 1979, uma das raras escritoras não britânicas convidadas a participar do célebre Detection Club. O clube, formado por autores de mistério que viviam na Grã-Bretanha, como Agatha Christie, Dorothy L. Sayers, Ronald Knox, Freeman

Wills Crofts e Arthur Morrison, tinha como premissa a garantia de que os detetives criados por eles usariam da inteligência e não de revelação divina, intuição feminina, desonestidade ou coincidência, entre outros, para desvendar os crimes. Além disso, os autores se comprometiam a recorrer moderadamente a gangues, conspirações, fantasmas, entre outros, e nunca, em hipótese alguma, a venenos misteriosos e desconhecidos pela ciência.

O Jogo do Assassino foi publicado no Brasil apenas em 1973, com tradução de Alba Igreja Lopes para a extinta Artenova, casa então dedicada a apresentar novos autores ao leitor brasileiro — e cuja escolha de título, que remete ao elemento principal da história, foi mantida para a atual edição. O título original, *A Man Lay Dead* [Um homem jaz morto, em tradução livre], é uma expressão que aparece originalmente no conto "A Festa no Jardim", da renomada escritora Katherine Mansfield (1888-1923), conterrânea de Marsh. E essa não é a única referência literária presente nas páginas do livro. O inspetor Alleyn é um exímio conhecedor de Shakespeare e gosta de citar elementos da trama ou falas das peças do bardo, autor ao qual Marsh, estudiosa de teatro, dedicou parte de sua carreira. Inclusive, antes de escrever *O Jogo do Assassino*, ela era uma respeitada atriz e produtora na Nova Zelândia, e um dos teatros da Universidade de Canterbury, onde foi diretora, foi nomeado em sua honra.

O jogo ao qual se refere o livro foi adaptado por Marsh de um jogo de salão que estava na moda na Inglaterra do período entreguerras. A brincadeira atendia por vários nomes, como *murder mystery game*, *murder mystery party* ou, em uma variação infantil, *wink murder* (pisca-mata), mas a mecânica era sempre a mesma: em um grupo de pelo menos quatro pessoas, uma era designada como assassina sem que as outras soubessem; ela teria que "matar" outro participante, ficando os restantes responsáveis por fazer a investigação para descobrir o culpado.

Ngaio Marsh faleceu em 1982, mas deixou uma obra que permanece como referência no gênero de crime, além de ativa e relevante tanto na Inglaterra quanto em grande parte do mundo. No Brasil, depois de décadas fora de catálogo, a obra retorna agora com tradução de Érico Assis e posfácio de Cláudia Lemes.

Boa leitura!

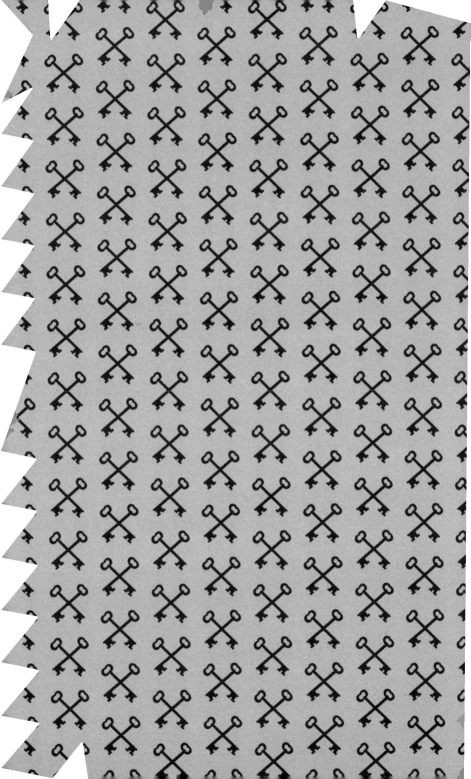

O JOGO DO ASSASSINO

Para o meu pai e à memória da minha mãe.

1. "E LÁ ESTAVAM..."

Nigel Bathgate, nos termos da própria coluna de fofocas, estava "intrigadíssimo" quanto ao fim de semana em Frantock. Aos 25 anos, já havia superado o terror da exaltação que é tão característico aos jovens crescidos. Estava a caminho de Frantock e de "magnífico humor" com a ideia. Tudo organizado, e com tanta grandiosidade! Ele recostou-se no assento de canto no vagão da primeira classe e sorriu para o primo no lado oposto. Uma figura esquisita, o velho Charles. Ninguém sabia o que se passava por trás daquela feição comprida e sombria. E era um sujeito bonito, que as mulheres admiravam. Nigel balançava a cabeça mentalmente com esse pensamento. Elas ainda se encantavam e cortejavam Charles mesmo com a idade avançada... Ele tinha 46 ou 47?

Charles Rankin retribuiu o olhar contemplativo do primo mais moço com um daqueles sorrisos tortos que faziam Nigel se lembrar de um fauno.

— Não vai demorar — disse Rankin. — A próxima parada é a nossa. Já se vê os princípios de Frantock ali à esquerda.

Nigel ficou olhando para a colcha de retalhos que era a paisagem, com pequenas lavouras e morrinhos, até o ponto onde um bosque desfolhado, perdidamente adormecido na solidão invernal, escondia parte do calor de tijolos vetustos.

— É aquela casa — disse Rankin.

— Quem vai estar lá? — perguntou Nigel, não pela primeira vez.

Ele ouvira falar muito a respeito das "singulares, encantadoras e originais reuniões privadas" de sir Hubert Handesley. Foi de um companheiro jornalista que havia acabado de voltar de um desses fins de semana e que, para dizer a verdade, foi um tanto quanto insistente no entusiasmo. Charles Rankin, ele mesmo bom entendedor de festas, havia recusado convites cobiçadíssimos em prol desses fins de semana sem grande pretensão. E agora, graças a um jantar no apartamento do velho Charles, aqui se via o próprio Nigel prestes a passar pela iniciação. De modo que:

— Quem vai estar lá? — perguntou Nigel mais uma vez.

— A turma de sempre, creio eu — respondeu Rankin, com toda a paciência —, com o acréscimo de um tal dr. Foma Tokareff, o qual imagino que remonte aos tempos de Handesley na Embaixada, em Petrogrado. Os Wilde estarão lá, é claro... Inclusive, devem estar neste trem. Ele é Arthur Wilde, o arqueólogo. E Marjorie Wilde é... muito atraente, na minha opinião. Creio que Angela North também estará. Vocês se conheceram?

— A sobrinha de sir Hubert, não é? Sim, ela estava acompanhando-o naquela noite no seu apartamento.

— Sim, estava. Se me recordo, vocês se deram bem.

— A srta. Grant estará lá? — perguntou Nigel.

Charles Rankin levantou-se e debateu-se para vestir o sobretudo.

— Rosamund? — repetiu ele. — Sim, estará.

Que inexpressividade extraordinária o velho Charles tem na voz, refletiu Nigel, enquanto o trem fazia os seus estalos para chegar na pequena estação e parar com um longo e vaporoso suspiro.

O ar das terras altas lhe provocou um calafrio depois do ar abafado e rançoso do trem. Rankin tomou a frente até chegarem a uma estrada baixa no campo, onde encontrou três outros passageiros encapotados falando em voz muito alta enquanto um chofer guardava as bagagens em um Bentley de seis assentos.

— Olá, Rankin — disse um homem magro e de óculos —, bem que achei que você estava no trem.

— Procurei por você em Paddington, Arthur — respondeu Rankin. — Já conhecem o meu primo? Nigel Bathgate... Sra. Wilde... Sr. Wilde. Rosamund, vocês já se conhecem, não é?

Nigel havia feito uma mesura a Rosamund Grant, uma morena alta cuja beleza estranha e determinada dificilmente seria esquecida. Da honrosa sra. Wilde, ele não enxergava nada além de um par de grandes olhos azuis e a ponta de um nariz pequeno. Os olhos lhe deram um breve relance de análise, e uma voz um tanto quanto esganiçada e "chique" emergiu detrás da enorme gola de peles:

— Como vai? O senhor é parente de Charles? Imagino que seja uma relação perturbadora. Charles, você terá que ir caminhando. Detesto ficar espremida, mesmo que por cinco minutos.

— Pode se sentar no meu joelho — disse Rankin, com expressão sossegada.

Nigel, fitando-o, percebeu a ousadia peculiar que cintilava nos olhos de Rankin. Ele não estava encarando a sra. Wilde, mas Rosamund Grant. Era como se dissesse à última: "Estou curtindo o meu momento: atreva-se a me condenar".

Ela pronunciou-se pela primeira vez, com uma voz encorpada que fazia forte contraste com o agudo em itálico da sra. Wilde.

— Lá vem Angela e o cospe-fogo — disse. — Teremos espaço de sobra para todos.

— Que decepção! — exclamou Rankin. — Marjorie, fomos derrotados.

— Nada — disse Arthur, com firmeza — há de me convencer a voltar com Angela naquela coisa.

— Tampouco eu — concordou Rankin. — Arqueólogos famosos e anedotistas de distinção não deveriam flertar com a morte. Fiquemos onde estamos.

— Devo aguardar a srta. North? — Nigel ofereceu-se.

— Se possível, senhor — respondeu o chofer.

— Pois entre, Marjorie, meu bem — murmurou Arthur Wilde, que já estava se acomodando no assento da frente. — Estou ansioso pelo meu chá com bolinho.

A esposa e Rosamund Grant acomodaram-se na parte traseira do carro e Rankin sentou-se entre as duas. O esportivo de dois assentos parou em paralelo.

— Desculpem o atraso — gritou a srta. Angela North. — Quem quer sentir o ar fresco da estrada, o vento na charneca e tudo mais?

— Tudo repugnante — berrou a sra. Wilde, do Bentley. — Vamos deixar o primo de Charles com você. — Ela voltou os olhos afiados a Nigel. — Um belo e formoso jovem exemplar da nossa Grã-Bretanha. Bem o seu estilo, Angela.

O Bentley disparou estrada afora.

Sentindo-se incapaz de acessar o nível correto do chiste, Nigel virou-se para Angela North e proferiu banalidades insignificantes sobre os dois já se conhecerem.

— Claro que sim — disse ela. — E achei você muito agradável. Entre de uma vez e vamos alcançar aquela gente.

Ele sentou-se ao lado dela e quase de imediato teve o fôlego arrancado pelas concepções progressivíssimas da srta. North quanto ao acelerador.

— É a sua primeira visita a Frantock — comentou ela enquanto eles derrapavam com perícia por uma curva na via enlameada. — Espero que goste. Todos nos divertimos nas festas do tio Hubert... Não sei bem por quê. Não acontece muita coisa. Todos, por regra, sempre chegam como se tivessem voltado a ser crianças e temos joguinhos bobos permeados por muitos gritos de alegria e risos. Desta vez vai ser o Jogo do Assassino. Lá estão!

Ela pressionou a buzina até soltar um rugido contínuo e eructado, superou a velocidade deles em vinte ou trinta quilômetros por hora e passou pelo Bentley como se o outro carro estivesse perdido em devaneios.

— Você já participou de um Jogo do Assassino? — perguntou ela.

— Não. E tampouco do Jogo do Suicídio, mas estou aprendendo — respondeu Nigel, educadamente.

Angela deu uma risada ruidosa. *Ela ri como um garotinho*, pensou Nigel.

— Está inquieto? — gritou. — Sou uma motorista atenta.

— Ela se virou quase por completo no assento para abanar ao Bentley, que ficava para trás. — Já vai acabar — complementou.

— Assim espero — falou Nigel, baixinho.

O acesso de ferro fundido do portão passou cintilando por eles, que mergulharam acelerados no cinza de um bosque.

— Este bosque fica muito agradável no verão — comentou a srta. North.

— Já está agradável — balbuciou Nigel, fechando os olhos enquanto eles se aproximavam de uma ponte estreita.

Instantes depois, dobraram uma curva ampla com uma via de acesso em cascalho e pararam com concisão dramática em frente a uma bela mansão de tijolos.

Nigel extraiu-se do carro com muita gratidão e acompanhou a anfitriã porta adentro.

Viu-se em um belíssimo saguão de entrada, escurecido pelo cinza esfumaçado de carvalho antigo e avivado pelo aconchego dançante de uma imensa lareira. Do teto, um lustre gigante captava as luzes das chamas, bruxuleando e brilhando com intensidade anormal. Como que imersa no crepúsculo que já preenchia o velho casarão, na outra ponta do saguão uma escada larga subia até um ponto indefinido.

Nigel viu que as paredes eram decoradas de forma convencional, com troféus e armas... os emblemas de uma casa de campo ortodoxa. Lembrou-se de que Charles havia dito que sir Hubert possuía uma das mais belas coleções de armas antigas na Inglaterra.

— Caso não se importe em servir um drinque por conta própria e aquecer-se à lareira, vou acordar tio Hubert — disse Angela. — A sua bagagem está no outro carro, é claro. Eles chegarão em um instante. — Ela o olhou nos olhos e sorriu. — Espero que eu não o tenha emasculado... com o jeito como dirijo, quero dizer.

— Foi o que fez... mas não por causa da direção. — Nigel ficou pasmo ao ouvir a própria resposta.

— Isso foi um flerte? Parece coisa do Charles.

De certo modo, ele concluiu que aquilo não era boa coisa.

— Volto em um momento — disse Angela. — As bebidas estão aqui. — Ela sinalizou um conjunto de copos e sumiu nas sombras.

Nigel preparou um uísque com soda e foi caminhando até a escada. Ali encontrou uma tira de couro comprida pendurada na parede, com fendas para abrigar uma coleção perversa de lâminas retorcidas e cabos trabalhadíssimos. Nigel havia esticado a mão para pegar uma adaga *kris* malaia quando uma luz forte e repentina chamejou no aço e fez ele se virar abruptamente. Uma porta à sua direita se abriu. A iluminação do aposento atrás da porta delineou a silhueta de uma pessoa imóvel.

— Perdão — disse uma voz grave. — Não nos conhecemos, creio eu. Permita que eu mesmo faça a minha apresentação. Dr. Foma Tokareff. O senhor tem interesse por armamento oriental?

Nigel havia levado um susto bastante perceptível com a interrupção inesperada. Ele se recuperou e deu um passo à frente para encontrar o sorridente russo, que se dirigia a ele com a mão estendida. O jovem jornalista fechou o punho naquele monte de dedos magros, que ficaram inertes por um instante e de repente retesaram-se com um aperto rijo. Sem saber explicar por quê, ele sentiu-se desajeitado e deslocado.

— Peço desculpas... como vai? Não... bom, sim, tenho interesse, mas infelizmente sou muito desinformado — gaguejou Nigel.

— Ah! — exclamou o dr. Tokareff. — Por compulsão você há de apreender alguma coisa *zobre* armas (que ele pronunciava com três erres) dos antigos se aqui ficar. Sir Hubert é grande autoridade e um colecionador de muito interesse.

Ele falava com formalidade extrema e as suas frases, com as inflexões marcadas de forma curiosa, soavam tão pedantes quanto descoladas da realidade. Nigel balbuciou algo no sentido de que, infelizmente, era um grande ignorante no assunto. Ficou aliviado ao ouvir a buzina do Bentley.

Angela voltou das sombras correndo; ao mesmo tempo surgiu um mordomo e, em um instante, o saguão estava clamoroso com a chegada do restante dos convidados. Uma voz agradável ressoou do alto da escada antes de sir Hubert Handesley descer para a recepção dos hóspedes.

Talvez o segredo do sucesso dos fins de semana em Frantock estivesse no charme do anfitrião. Handesley era um homem atraente de modo singular. Rosamund Grant já havia dito que não era justo um só indivíduo ter tantas coisas boas. Ele era alto e, apesar dos mais de cinquenta anos, mantinha a silhueta de atleta. O cabelo, absolutamente branco, não havia sofrido a indignidade da meia-idade, conservado denso e luzente sobre a cabeça bem proporcionada. Os olhos eram de um azul vivaz peculiar e profundo, sob sobrancelhas grossas e marcadas; os lábios eram firmes e reduzidos nas pontas. No cômpito geral, um homem bonito, talvez até demais. O seu cérebro era da mesma qualidade estereotípica da aparência. Diplomata competente antes da guerra, depois ministro de estado de brilhantismo ortodoxo, ele ainda encontrava tempo para redigir pesquisas muito estimadas a respeito da sua maior paixão — os utensílios de combate das civilizações antigas — e satisfazer o seu passatempo predileto, aquele que praticamente transformara em ciência: receber hóspedes para um fim de semana prazeroso.

Era esperado que ele, depois de uma saudação geral, viesse a se concentrar em Nigel, inédito entre os hóspedes.

— Fico muito contente que tenha vindo, Bathgate — disse. — Angela me contou que o buscou na estação. Que experiência assustadora, não é? Charles deveria ter lhe avisado.

— Ele foi muito corajoso, meu caro — berrou a sra. Wilde. — Angela o agarrou, jogou-o na carreta suja e ele passou zunindo por nós com os lábios tão firmes quanto verdes e olhos de quem havia fitado a morte. Charles tem tanto orgulho do seu parente... não tem, Charles?

— Ele é um *pukka sahib* — concordou Rankin, solene.

— Vamos mesmo fazer o Jogo do Assassino? — perguntou Rosamund Grant. — Angela vai ganhar.

— Nós vamos jogar o Jogo do Assassino... mas uma variedade que você criou, não é, tio Hubert?

— Explicarei os meus planos — respondeu Handesley —, depois que todos estiverem com um coquetel na mão. As pessoas sempre consideram alguém mais divertido depois que ele lhes dá uma bebida. Poderia chamar Vassili, Angela?

— Um *xogo* de assassinar? — perguntou o dr. Tokareff, que estava analisando uma das facas. A luz da lareira cintilava nos seus grandes óculos. Ele tinha uma aparência, tal como a sra. Wilde sussurrava com Rankin, "sinistríssima"... — Um *xogo* de assassinar? Imagino que *zerá* muito divertido. Sou ignorante deste *xogo*.

— Ele faz muito sucesso no momento, na sua versão grosseira — comentou Wilde. — Mas creio que Handesley tenha inventado sutilezas que vão transformá-lo por inteiro.

Uma porta à esquerda da escada se abriu, e por ela entrou um homem eslavo de idade avançada, carregando uma coqueteleira. Ele foi recebido com grande entusiasmo.

— Vassili Vassilievitch — começou a dizer a sra. Wilde em um anglo-russo de opereta. — Meu paizinho! Faça o favor de conceder a esta mão indigna uma prova da sua talentosa receita.

Vassili fez um aceno com a cabeça e sorriu cordialmente. Ele abriu a coqueteleira e, com ar de soberba e concentração exagerada, serviu uma mistura amarela e transparente.

— O que acha, Nigel? — perguntou Rankin. — A receita é do próprio Vassili. Marjorie a chama de Repressão Soviética.

— Que não tem nada de repressora — murmurou Arthur Wilde.

Nigel, bebericando-a cautelosamente, viu-se disposto a concordar.

Ele assistiu ao velhinho russo andando entre os convidados, encantado. Angela lhe disse que Vassili estava a serviço do tio desde os tempos de jovem adido em Petersburgo, e os olhos de Nigel o acompanharam enquanto se movimentava em meio ao pequeno grupo de moléculas humanas com quem, mal sabia ele, estava prestes a ter uma associação íntima e tenebrosa.

Ele olhou para o primo, Charles Rankin, do qual, refletiu, de fato conhecia muito pouco. Sentiu uma espécie de vínculo emocional entre Charles e Rosamund Grant. Ela estava observando Rankin enquanto este se inclinava, com algo de galanteador e convencional na pose, para Marjorie Wilde. *A sra. Wilde é mais o tipo dele do que Rosamund*, pensou Nigel. *Rosamund tem muita energia. Charles gosta de ficar sossegado.* Ele olhou para Arthur Wilde, que estava falando seriamente com o anfitrião. Wilde não tinha nem um pouco da aparência espetacular de Handesley, mas o rosto magro era interessante e, na opinião de Nigel, atraente. Havia algum atributo no formato do crânio e do queixo, e algo de esquivo e sensível na posição dos lábios.

Ele questionou-se como dois tipos tão divergentes como aquele estudioso de meia-idade e a sua estilosa esposa teriam se atraído. Depois deles, parcialmente na sombra, via-se o doutor russo com a cabeça inclinada para a frente, o corpo ereto e imóvel.

O que ele pensa de nós?, perguntou-se Nigel.

— Você está com uma aparência sinistra — disse Angela ao encostar no cotovelo dele. — Está preparando uma notinha mordaz para a sua coluna de fofocas ou armando um plano para o Jogo do Assassino?

Antes que ele pudesse responder, sir Hubert interrompeu todas as conversas:

— A sineta soará em cinco minutos — anunciou —, portanto, se todos se sentem aptos, explicarei os princípios da minha versão do Jogo do Assassino.

— Companhia... atenção! — bradou Rankin.

2. O PUNHAL

— A ideia é a seguinte — principiou sir Hubert, enquanto Vassili mexia a bebida delicadamente. — Vocês conhecem a versão comum do Jogo do Assassino. Uma pessoa é escolhida para ser o assassino e a identidade é ocultada de todos os envolvidos. Estes se espalham e a pessoa aproveita a situação para soar um sino ou um gongo. É o que simboliza o "assassinato". Todos reúnem-se para fazer um julgamento, sendo que uma pessoa é indicada à promotora de acusação. Depois de investigação minuciosa, esta pessoa tenta descobrir quem é o "assassino".

— Com licença, por favor — disse o dr. Tokareff. — Ainda estou, como se diz, desorientado. Eu nunca tive felicidade de jogar em esporte tão divertido outrora, então por favor deixar mais claro para a minha pessoa.

— Ele não é um querido? — perguntou a sra. Wilde, com a voz um tanto quanto alta.

— Vou explicar a minha versão — disse sir Hubert —, e acho que ficará bastante claro. Hoje, no jantar, um de nós receberá uma plaquinha escarlate de Vassili. Eu mesmo não sei a quem recairá a escolha dele, mas suponhamos, apenas a fim de exemplificação, que o sr. Bathgate seja eleito por Vassili para o papel de assassino. Ele vai ficar com a plaquinha e não vai contar a ninguém. Ele tem o intervalo entre as 17h30 de amanhã e as 23h do mesmo dia para a execução do "assassinato". Ele precisa encontrar um de nós à parte, sem que os outros saibam, e, no momento crucial, lhe dar um tapinha no ombro para dizer: "Você é o corpo". Depois, ele vai desligar as luzes na chave geral, que fica na parede da escada. A vítima deve cair no chão imediatamente, como se morta, e o sr. Bathgate terá que dar uma boa paulada naquele gongo assírio atrás da bandeja de coquetel, e em seguida ir para um local que lhe pareça menos incriminatório. Assim que as luzes se desligarem e ouvirmos o gongo, todos devem permanecer onde estavam por dois minutos... podem contar os batimentos cardíacos para se orientarem. Ao final dos dois minutos, poderemos acender as luzes. Ao encontrar o "corpo", poderemos fazer o julgamento, sendo que cada um de nós tem o direito de interrogar todas as testemunhas. Se o sr. Bathgate tiver sido esperto, ele não será descoberto. Espero que me tenha feito entender razoavelmente.

— Lucidamente explícito — disse o dr. Tokareff. — Deleitarei imensamente em fazer parte desta distração intelectual.

— Não é que ele queira ser pomposo — cochichou Angela ao ouvido de Nigel. — É que ele memoriza quatro páginas do *Dicionário Webster* toda manhã após um leve desjejum. Você está torcendo para ser escolhido por Vassili como "o assassino"? — complementou ela em voz alta.

— Credo, não! — Nigel riu. — Para começar, eu não conheço os arredores. Poderia me mostrar a casa melhor, caso eu precise?

— Mostrarei... amanhã.
— Promete?
— Juro pelo que há de mais sagrado.

Rosamund Grant saiu andando e chegou ao pé da escada. Puxou da tira de couro um punhal comprido, cuja lâmina tinha uma curva sutil, e o deixou deitado sobre a palma da mão.

— O assassino tem várias armas à disposição — apontou ela, com a voz suave.

— Bote essa coisa abominável para lá, Rosamund — exclamou Marjorie Wilde, com um quê de terror legítimo na voz. — Elas me dão terror... Todas as facas me dão. Não consigo nem ver pessoas entalhando madeira... ugh!

Rankin riu como se possuído.

— Então vou apavorar você, Marjorie — disse. — Há um punhal no bolso do meu sobretudo neste exato momento.

— É mesmo, Charles? Por quê?

Foi a primeira vez que Nigel ouviu Rosamund Grant falar com o primo naquela noite. Ela ficou parada no degrau mais baixo da escada, como uma sacerdotisa moderna de um culto arcaico.

— Eu a recebi ontem — disse Rankin — de um conterrâneo seu, dr. Tokareff, que conheci na Suíça no ano passado. Eu lhe prestei um grande socorro: arranquei-o de uma fissura na neve, onde havia ficado por tanto tempo que perdera dois dedos devido a ulcerações. E ele me enviou isto, que creio ser um agradecimento. Eu trouxe para lhe mostrar, Hubert... E achei que Arthur também gostaria de dar uma olhada. Nosso famoso arqueólogo, não é? Já vou buscar. Deixei o meu sobretudo na entrada.

— Vassili, traga o casaco do sr. Rankin — solicitou sir Hubert.

— Espero que você não cogite que eu vá ficar para conferir — disse a sra. Wilde. — Vou me vestir.

Ela, contudo, não se mexeu e apenas apoiou a mão sobre o braço do marido. Ele a encarou com uma espécie de humor gentil que Nigel achou charmoso.

— É verdade, não é, Arthur? — disse ela. — Não li nenhum dos seus livros porque você gosta de amanteigar as páginas com horrores da região.

— A reação de Marjorie a facas ou utensílios pontiagudos de qualquer tipo não é das mais incomuns — comentou Wilde. — Provavelmente oculta uma repressão curiosa.

— Está dizendo que, em privado, ela é violenta? — perguntou Angela, e todos riram.

— Bom, veremos — disse Rankin, pegando o casaco com Vassili e retirando um estojo de prata comprido e entalhado de um dos bolsos.

Nigel, que estava parado ao lado do primo, ouviu um ruído baixo e sibilante atrás de si. Involuntariamente, virou a cabeça. Ao seu lado estava o velho criado, transfixado, os olhos focados na bainha nas mãos de Rankin. Por instinto, Nigel voltou-se para o dr. Tokareff. Ele, do outro lado da bandeja de coquetel, também fitava, impassível, o novo punhal.

— Cáspite! — murmurou sir Hubert.

Rankin, segurando a bainha de prata, extraiu lentamente uma lâmina estreitíssima e afiada. Ele ergueu o punhal no ar. A lâmina, tal como uma estalactite, emitia um brilho azul à luz da lareira.

— Extremamente afiada — comentou Rankin.

— Arthur... não toque nisso! — gritou Marjorie Wilde.

Mas Arthur Wilde já havia pegado o punhal e estava analisando-o sob uma luminária da parede.

— Que interessante — falou, baixinho. — Venha ver, Handesley.

Sir Hubert foi ao lado dele e juntos penderam a cabeça sobre o tesouro de Rankin.

— Então? — perguntou Rankin, com ar despreocupado.

— Bom — retrucou Wilde —, o serviço que prestou ao seu amigo, seja ele quem for, deve ter sido de extremo valor para merecer tal retribuição, meu caro Charles. Este punhal é uma peça de colecionador. É uma antiguidade, das maiores que há. Handesley e dr. Tokareff hão de me corrigir caso eu esteja enganado.

Sir Hubert estava encarando o objeto como se, pela intensidade do olhar, pudesse acessar a longa perspectiva da história dele até chegar à mente do artesão que o havia moldado.

— Tem razão, Wilde. Uma antiguidade das maiores que há. Obviamente da Mongólia. Ah, que belezura! — ele falou em voz mais baixa.

O anfitrião aprumou as costas. Nigel avaliou que ele havia precisado de um esforço enorme para dissipar do rosto e da voz toda a cobiça do colecionador ardoroso.

— Charles — disse em tom suave —, você despertou a minha maior paixão. Como se atreve?

— O que diz o dr. Tokareff? — Rosamund perguntou de repente.

— Eu deveria deferir — disse o russo — à erudição augusta de sir H. Handesley... e, em acréscimo, ao sr. Úilde. No mais, sugiro que possuir este *ponhal* não é de todo desejável.

Vassili continuava parado atrás de Nigel. Nigel conseguia perceber a concentração intensa do mordomo. Será que entendia o inglês pedante do conterrâneo?

— Como assim? — perguntou a sra. Wilde, a voz ríspida.

O dr. Tokareff parecia estar deliberando.

— É certo que a senhora leu — começou a responder, enfim — a respeito de confrarias secretas da Rússia. No meu país, de tantos anos de infelicidades, sempre houve confrarias como estas. Muitas vezes estranhas, com performances eróticas, mutilações... nada bonito, como sabe. Em reinado de Piotr, o Grande, houve muitas. Os panfletos sensacionalistas dos ingleses faziam menções muito absurdas. Jornalistas também. Desculpas, por favor. — Ele se virou para Nigel.

— Sem problema — balbuciou Nigel.

— Este *ponhal* — prosseguiu o dr. Tokareff — é um... como se diz? É um símbolo sagrado de uma sociedade... muito antiga. Fazer apresentação... — de repente a voz ficou mais grossa — não era ortodoxo. Portanto, para esta eminência, por mais que nobre, fora de *bratsvo* ou confraria, ter este *ponhal* não é desejável.

Vassili surpreendeu a todos ao proferir uma frase curta e ruidosa em russo.

— Este campônio concorda comigo — apontou o dr. Tokareff.

— Pode ir, Vassili — disse sir Hubert.

— O gongo deveria ter soado há bastante tempo — disse Vassili, antes de sair com pressa.

— Socorro! — exclamou Angela. — São oito horas! Jantar em trinta minutos! Rápidos, todos.

— Ficaremos nos quartos de sempre? — perguntou a sra. Wilde.

— Sim... Ah, só um minuto... O sr. Bathgate não sabe. Mostre a ele, Arthur. Ele ficará no quartinho galês e vai dividir o banheiro com você, meu anjo. Não se atrasem, sim, senão o cozinheiro do tio Hubert vai se demitir.

— Deus me livre! — exclamou Rankin, fervoroso. — Só mais uma... uma tacinha só... e já vou.

Ele serviu-se meia porção do coquetel de Vassili e, sem consultá-la, reabasteceu a taça da sra. Wilde.

— Charles, assim você vai me embebedar — proclamou ela. Por que certas mulheres acham que esse tipo de comentário sempre tem graça? — Não espere por mim, Arthur. Vou usar o banheiro de Angela assim que ela sair.

Angela e sir Hubert já tinham subido. O dr. Tokareff estava a meio caminho na escada. Arthur Wilde voltou o olhar para Nigel.

— O senhor não vem?

— Sim, sim, claro.

Nigel o acompanhou pela escada até um patamar mal iluminado.

— Este é o meu quarto — explicou Wilde, apontando a primeira porta à esquerda. — Eu uso o quarto ao lado como quarto de vestir. — Ele abriu a porta mais à frente. — Aqui está o seu... o banheiro fica entre nós dois.

Nigel viu-se em um charmoso quarto com ornamentos em carvalho, mobília austera e uma ou duas peças galesas antigas e pesadas. Na parede da esquerda havia uma porta.

— Ela dá para o banheiro conjugado — disse Wilde, abrindo-a. — O meu quarto de vestir também se comunica, como o senhor vê. Pode entrar primeiro.

— Que mansão extraordinária!

— Sim, extraordinária em todos os sentidos. As pessoas se afeiçoam a Frantock. Espero que também seja o seu caso.

— Ah — disse o acanhado Nigel. — Não sei... é a minha primeira visita... não sei se vou voltar.

Wilde esboçou um sorriso simpático.

— Tenho certeza de que vai. Handesley nunca convida alguém se não tem certeza de que vai convidar de novo. Eu preciso entrar e ajudar a minha esposa a encontrar tudo o que ela acha que a empregada esqueceu. Dê um grito quando tiver terminado o banho.

Ele saiu pela outra porta do banheiro e Nigel ficou escutando-o cantarolar sozinho com uma voz de tenor, fina e jovial.

Ao descobrir que a surrada valise já havia sido desfeita, Nigel não perdeu tempo em se banhar, barbear e vestir. Lembrou-se do apartamentinho antipático dele na rua Ebury e refletiu como seria agradável trocar aquecedores e bocas de gás por um cozinheiro que não tolera demoras e por água quente. Em quinze minutos ele estava vestido e, ao sair do quarto, ouviu Wilde na banheira ao lado.

Nigel desceu as escadas alegre, torcendo para que a srta. Angela North também houvesse descido rápido. Uma porta do outro lado do saguão, à direita da escada, estava aberta. Como aquele aposento estava bem iluminado, ele entrou e viu-se sozinho em um enorme salão de lambris verdes que se insinuavam por uma alcova em forma de L e, passando por ela, havia uma saleta. Descobriu que era um misto de biblioteca e sala de armas. Tinha o cheiro agradável de encadernações em couro, de óleo para pistolas e de charutos. Uma lareira ardia e os canos reluzentes do arsenal esportivo de sir Hubert testemunhavam a Nigel todas as aventuras pelas quais ele ansiava e nunca tivera como pagar.

Ele estava invejando uma Mannlicher 8mm quando, de repente, percebeu as vozes na sala de estar atrás de si.

Era a sra. Wilde quem falava. Nigel, horrorizado, percebeu que ela e a companhia haviam entrado depois dele, que estavam lá há alguns minutos, e que ele havia ficado na situação detestável de bisbilhoteiro involuntário. E, por mais que considerasse a situação detestável, já era tarde para anunciar a presença dele.

Desconfortabilíssimo e sem saber o que fazer, ficou parado e, à força, escutou.

— ...e eu estou dizendo que você não tem direito de me dar ordens desse jeito — falava ela em voz baixa e rápida. — Você me trata como se eu estivesse absolutamente ao seu dispor.

— Oras... e você não gosta?

De repente Nigel se sentiu enjoado. Era a voz de Charles. Ele ouviu o risco de um fósforo e visualizou o rosto largo e a cabeça lustrosa do primo inclinando-se para acender o cigarro. Marjorie Wilde havia retomado a fala:

— Como você é insuportável, meu caro Charles... Por que é tão bruto comigo, querido? Poderia pelo menos...

— Sim, minha cara? Eu poderia pelo menos... o quê?

— Qual é a situação entre você e Rosamund?

— Rosamund é um enigma. Ela disse que tem muita afeição por mim para se casar comigo.

— Ainda assim, o tempo todo... comigo... você... Ah, Charles, você não *percebeu*?

— Sim, percebi. — A voz de Rankin era aveludada. Meio afetuosa, meio possessiva.

— Eu sou uma imbecil — sussurrou a sra. Wilde.
— É? Sim, você é uma bobinha. Venha cá.
Os balbucios intermitentes da madame cessaram de repente. Seguiu-se um silêncio, e Nigel sentiu-se indecoroso.
— Oras, madame! — falou Rankin em tons suaves.
— Você me ama?
— Não. Não exatamente, minha cara. Mas você é muito bonita. Não basta?
— Você ama Rosamund?
— Ah, meu Deus, Marjorie!
— Eu te odeio! — disse ela em seguida. — Eu poderia... poderia...
— Fique quieta, Marjorie... Você está fazendo alarde. Não, não relute. Vou lhe dar outro beijo.

Nigel ouviu um som forte e distinto, depois passos apressados e rápidos. Um segundo depois, uma porta bateu.

— Droga! — exclamou Charles, pensativo.

Nigel o imaginou afagando a bochecha. Depois ele também, evidentemente, saiu pela porta oposta. Quando ela se abriu, Nigel ouviu vozes no saguão a que dava acesso.

O soar do gongo fez a mansão se encher com o clamor. Ele saiu da sala de armas para a sala de estar.

Naquele instante, as luzes da sala de estar se apagaram.

Um instante depois, ele ouviu a porta oposta se abrir e lentamente fechar de novo.

Parado, imóvel na escuridão abrupta do local estranho, a mente dele agiu de forma rápida e coerente. Ele sabia que Marjorie Wilde e Rankin haviam entrado no saguão. Obviamente ninguém mais havia adentrado na sala de estar enquanto eles estavam lá. A única explicação era que outra pessoa estava na sala, escondida na alcova em L, quando ele passou à sala das armas. Alguém que, tal como ele, havia entreouvido a cena entre o casal. Os olhos logo se adaptaram às trevas. Ele seguiu com passos cuidadosos até a porta, abriu e entrou no saguão. Ninguém o notou. Todos os convivas estavam reunidos em torno de Rankin, que aparentemente encerrava uma das histórias "pré-prandiais" dele. Encoberto por uma gargalhada, Nigel juntou-se ao grupo.

— Opa, aí está — exclamou sir Hubert. — Todos já desceram? Então vamos entrar.

3. "VOCÊ É O CORPO"

Nas manhãs de domingo, ninguém acordava cedo em Frantock. Nigel, que desceu para o café da manhã às 9h30, viu-se a sós com as salsichas.

Ele mal havia voltado a atenção ao *Sunday Times* quando foi informado de que havia recebido uma ligação de Londres. Encontrou Jamison, o seu chefe taciturno, na outra ponta da linha.

— Olá, Bathgate. Desculpe distrai-lo do seu champagne. Como são as bundas dos ilustres?

— Lembram muito as bundas dos outros, mas não são tão dignas de coices.

— A vulgaridade nunca é cômica, meu garoto. Venha cá: o seu anfitrião não é meio que uma autoridade no que diz respeito à Rússia? Bom, ontem, no Soho, um polaco não identificado levou uma fincada na goela e começaram um rumor de uma sociedade secreta no West End. Eu acho que é invencionice, mas veja se consegue tirar algo dele. "Os russos são polacos ou são de outro polo?" Algo neste sentido. As minhas lembranças até o terceiro escalão dos lacaios. Bom dia.

Nigel deu um sorriso de canto e devolveu o fone ao gancho. Então fez uma pausa, pensativo.

Com este negócio de punhais, mortes e bisbilhoteiros, ponderou ele, *este fim de semana tem uma propensão ao escândalo. Muito divertido, mas gostaria que o meu velho Charles não fosse selecionado para o papel de mulherengo.*

Ele caminhou de volta à sala de jantar. Dez minutos depois, estava acompanhado do anfitrião, que sugeriu um passeio tranquilo pela propriedade.

— Arthur tem que escrever um artigo para a Conferência Etnológica Britânica, o dr. Tokareff dedica as manhãs a incrementar o vocabulário e a outros ritos intelectuais misteriosos. Angela cuida da casa. Os outros sempre acordam tão tarde que, com eles, desisti de fazer planos. Então, caso não lhe seja um tédio...

Nigel respondeu com avidez que sentiria tudo menos tédio. Saíram da casa juntos. Um fluxo leve mas vivaz de sol invernal aquecia as árvores desoladas e a geada na grama de Frantock. Nigel teve um acesso repentino de boa vontade para com tudo e todos. A repugnância sigilosa da relação entre Rankin e a sra. Wilde, talvez também entre o primo e Rosamund Grant, foi deixada de lado. Ele havia sido um bisbilhoteiro involuntário... mas, a partir daí, fazer o quê? Ele poderia esquecer. Por impulso, voltou-se para o anfitrião e lhe disse o quanto estava gostando do fim de semana.

— Muito gentil da sua parte — disse Handesley. — Quando se trata de elogios às minhas festas, sou tão melindroso quanto uma mulher. Você precisa vir de novo, se o jornalismo lhe permitir. Sei muito bem que é uma profissão árdua e cansativa.

Parecia uma oportunidade magnífica para Nigel conseguir uma pauta. Ele reuniu toda a coragem que tinha e contou a sir Hubert do telefonema que recebera da redação.

— Jamison sugeriu que o senhor, quem sabe, pudesse me relatar algumas experiências em primeira mão com estas sociedades. Por favor: se for incômodo, é claro que não há necessidade. Mas, aparentemente, o assassinato do polaco está sendo atribuído a uma espécie de rixa dentro de uma organização similar em Londres.

— Imagino a possibilidade — comentou Handesley, com cautela. — Mas gostaria de saber mais das circunstâncias. Escrevi uma breve monografia a respeito das "confrarias" russas, ou, melhor dizendo, sobre certos aspectos dessas confrarias. Vou lhe passar assim que entrarmos.

Nigel agradeceu, mas arriscou-se a fazer a monótona súplica do jornalista por "algo em primeira mão".

— Bem — disse Handesley —, me dê um tempo e vou tentar. Por que não aborda o dr. Tokareff? Ele parece uma ótima fonte de informações sobre o tema.

— Ele não ficaria furioso? Ele é tão... reservado, seria a palavra?

— E, portanto, incapaz de incomodar-se. Ele vai aceitar com uma dissertação moralista ou vai recusar-se com uma profusão de simbolismos. Com o russo, nunca se sabe se ele está falando de fato daquilo que parece estar, ou se meramente representa um cortejo abstrato de ideias. Tente.

— Vou tentar — respondeu Nigel, e eles terminaram a caminhada em um silêncio sociável.

Ao lembrar-se do caso de Frantock depois que tudo estava encerrado, Nigel sempre pensava naquela caminhada como o único episódio perfeitamente pacífico da visita. No almoço, ele foi chamado mais uma vez à temática trivial de dissonância entre Rankin, Rosamund e o sr. Wilde. Ele também suspeitava de um antagonismo entre Tokareff e Rankin e, sendo particularmente sensível ao timbre das relações emotivas, a mente dele estava pura tensão.

Depois do almoço, cada um tomou o seu rumo. Handesley e Tokareff entraram na biblioteca, a sra. Wilde e Rankin foram dar uma caminhada, Nigel e Angela foram explorar a casa (na intenção de que ele soubesse se movimentar para o Jogo do Assassino) e depois jogaram badminton no celeiro. Rosamund Grant e Wilde haviam sumido, Nigel não sabia se separados ou juntos. Ele e Angela praticaram o esporte, riram bastante e, um contente com a companhia do outro, voltaram ao saguão a tempo do chá.

— Agora — disse Handesley, assim que Angela acabou de servir a última xícara — são 17h25. Às 17h30 começaremos o Jogo do Assassino. Às onze deve ser fato consumado. Todos sabem as regras. Na noite passada, Vassili entregou a plaquinha escarlate àquele entre nós que foi escolhido como assassino. Eu lhes recordo que o "assassino" tem que desligar as luzes e soar o gongo, e que vocês não devem, nem por olhares nem pelo que disserem, sugerir que foram descartados ou selecionados por Vassili para atuar no papel de matador. O "assassino" teve um dia para formular os planos. E pronto. É isso.

— Ok, chefe — falou Rankin com voz arrastada.

— Encontre-me atrás da tapeçaria, caso o propósito seja sangue — disse Wilde, com voz doce.

— Alguma dúvida? — perguntou Handesley.

— Eloquência tanto admirável quanto concisa que não resta um pingo de incompreensão. Já estou eu, como dizem, com os nervos à pele da flor — balbuciou o dr. Tokareff em voz baixa.

— Bem — concluiu Handesley, animado —, desejemos ao assassino, valha o que valer, um arremedo de sucesso.

— Eu ainda não sei — disse a sra. Wilde —, se esse jogo não vai me assustar.

— Eu diria que será emoção garantida — comentou Angela.

Sir Hubert foi andando até o gongo e tomou na mão o martelo forrado com couro. Todos olharam para o relógio que ficava no canto oposto do saguão. O ponteiro maior passou pela última divisão e o relógio cantou a meia hora com a voz profunda. No mesmo instante, Handesley soou o gongo.

— O assassinato está em marcha — anunciou ele, teatral. — O gongo só há de soar mais uma vez quando o crime for consumado... Podemos passar à sala de estar?

Nigel, grato pela escolha de Vassili não ter recaído nele, ficou especulando quanto à identidade do "assassino", decidido a fazer uma anotação mental dos movimentos de todos e, igualmente, a não ficar a sós com nenhum dos participantes, já que considerava o papel de "corpo" menos divertido do que o de testemunha ou de promotor.

Na sala de estar, a sra. Wilde começou uma bagunça ao, de uma hora para outra, jogar uma almofada contra — justamente quem? — o dr. Tokareff. Para espanto e embaraço de todos, o russo, passado um breve instante de surpresa e inação, de repente embarcou em uma espécie de jocosidade insana. Entre os ingleses, sempre há algo de vergonhoso em um estrangeiro que faz papel de tolo. O dr. Tokareff, contudo, não estava ciente dessa inibição.

— Não é isto — exclamou ele, alegremente — expressão da beligerância britânica? Estou considerando que, quando dama inglesa propele uma almofada à cabeça do cavalheiro, ela conota desejo esportivo.

E, com aquilo, jogou a almofada na sra. Wilde com tanta força e precisão que ela perdeu o equilíbrio e caiu nos braços de Rankin. Com uma mão, Rankin a puxou para perto de si, enquanto girava a almofada em torno da cabeça e acertava o russo no rosto com a outra.

Por um instante, Nigel viu que o rosto do dr. Tokareff estava pronto a expressar algo dissociado do silêncio incômodo.

— Cuidado! — berrou, involuntariamente.

Mas o doutor havia recuado, com uma curta mesura, e estava sorrindo com as mãos erguidas. O silêncio ficou incômodo.

— Estou do lado do dr. Tokareff — disse Angela, de repente, e agarrou Rankin pelos joelhos.

— Eu também — anunciou Rosamund. — Charles, você prefere que o seu rosto seja esfregado de cima para baixo ou de baixo para cima?

— Vamos tirar as calças do velho Arthur — sugeriu Rankin, esbaforido e emergindo do alvoroço. — Venha, Nigel... venha, Hubert.

Tem sempre algo de errado com o velho Charles quando ele parte para a provocação, pensou Nigel. Mas ele ajudou a segurar o contrariado Wilde enquanto suas calças eram arriadas e uniu-se à gargalhada quando o arqueólogo se levantou, pálido e desconfortável, agarrando um tapete para cobrir os membros covardes e piscando como um míope.

— Vocês quebraram os meus óculos — reclamou.

— Querido! — gritou a sra. Wilde. — Você está com uma cara de pateta tão intensa que é inacreditável. Charles, você é horrível de fazer esse absurdo com o meu marido!

— Eu me sinto magnífico — declarou Wilde. — Quem ficou com as minhas calças? Você, Angela! O meu sangue eduardiano congela diante dessa visão. Entregue-me, criança, ou ficarei intratável.

— Aqui está, Adônis — disse Rankin, roubando as calças das mãos de Angela e amarrando-as no pescoço de Wilde. — Nossa, isso que é bonito! A imagem perfeita de um cavalheiro que lutou muito pela vitória.

— Vá logo se vestir, meu bem — disse a sra. Wilde —, ou o sofrimento só vai piorar.

Wilde, obedientemente, desapareceu.

— A última vez que eu roubei as calças do Arthur foi em Eton — comentou Rankin. — Nossa, parece que foi eras atrás. — Ele virou-se para o rádio e começou a sintonizar um concerto de música dançante. — Venha, Rosamund, vamos dançar.

— Estou com muito calor — respondeu ela, que estava conversando com Tokareff.

— Marjorie! — exclamou Rankin. — Não aguenta dançar um pouquinho que seja?

— Rosamund o recusou? Que tristeza, Charles.

— Eu o dispensei da função de dançarino — disse Rosamund. — Dr. Tokareff está contando uma história de mil anos e preciso ouvir o final.

— É uma história — começou Tokareff — sobre um *hospodin*... um nobre... e duas damas. É o que vocês chamam de triângulo eterno... um tema muito antigo na história humana.

— Tão antiga que é um tanto chata, você não diria? — perguntou Rankin.

— Dance, Marjorie, dance — disse Angela.

Sem aguardar consentimento, Rankin pôs o braço em torno da sra. Wilde e, de imediato, Nigel viu que ela estava convertida.

Há mulheres que, ao dançar, expressam uma intensidade de sentimento e de temperamento que na verdade não possuem. Nigel percebeu que a sra. Wilde era uma dessas mulheres. Sob o feitiço daquele compasso escancaradamente exótico, foi como se ela desabrochasse, se tornasse significativa e perigosa. Rankin, sério e arrebatado, era ao mesmo tempo inimigo e mestre dela. Ele nunca tirava os olhos da sra. Wilde e ela, inamistosa, provocante, devolvia olhares como se quisesse ofendê-lo. Nigel, Angela e Handesley pararam de falar para assistir aos dois, e o sr. Wilde, voltando, ficou parado na porta. Apenas o russo parecia desinteressado. Ele havia se debruçado sobre o rádio e estava analisando-o atentamente.

O segundo movimento, mais acelerado, entrou na temática original do tango. Os dançarinos haviam se unido para os primeiros passos do abraço final, quando um grito ensurdecedor do rádio desfez o feitiço.

— Que inferno! — bradou Rankin, furioso.

— Favor desculpar — disse Tokareff, calmamente. — É evidente que cometi uma gafe. Nunca ouvi confusão e guincho tão...

— Só um instante... eu volto ao ponto — sugeriu Handesley.

— Não, não, não se dê ao trabalho... continuar seria uma imbecilidade — respondeu Rankin, descortês. Ele acendeu um cigarro e tomou distância da parceira.

— Charles — disse Handesley em voz baixa —, Arthur e eu estávamos discutindo a respeito do seu punhal. Ele é, de fato, muito interessante. Por favor, esclareça-nos mais quanto ao histórico.

— Tudo que posso lhes contar — começou Rankin —, é o seguinte: no ano passado, na Suíça, eu consegui tirar um senhor de aparência feroz de uma fissura na neve. Não falo russo e ele não falava inglês. Nunca mais vi o homem, mas aparentemente ele me localizou. Por meio do meu guia, suponho eu. Descobriu onde eu estivera hospedado e, então, supostamente, traçou o meu endereço até Londres. O punhal com duas palavras, "Suíça" (que prolixidade) e "obrigado", só chegou a mim ontem. Concluí que foi dele.

— Você me vende, Charles? — perguntou sir Hubert. — Eu pagarei muito mais do que vale.

— Não, Hubert, não vendo. Mas eu lhe digo o que vou fazer: eu deixo para você. Nigel, que está aqui, vai ficar com todas as minhas posses. Nigel! Se eu bater as botas, meu rapaz, quem fica com o punhal é Hubert. Que sirvam todos de testemunha.

— Assim será — disse Nigel.

— Considerando que tenho dez anos a mais que você, não é o que eu chamaria de uma proposta excelente — reclamou Handesley. — Ainda assim, vamos deixar por escrito.

— Ah, Hubert, seu monstro velho! — riu Rankin.

— Hubert! — Marjorie Wilde deu um grito estridente. — Como você pode ser tão sanguessuga!

Rankin havia se dirigido à escrivaninha.

— Aqui está, seu maníaco — disse ele. — Nigel e Arthur são testemunhas.

Ele escreveu a frase tal como devia e assinou. Nigel e Wilde foram testemunhas e Rankin a entregou a Handesley.

— Seria melhor você me vender — disse Handesley, calculista.

— Com licença, por favor — ribombou a voz do dr. Tokareff. — Não estou entendendo tudo.

— Não? — O tom de antagonismo havia subido à voz de Rankin. — Tenho apenas instruções de que, caso eu vista o paletó de madeira de uma hora para outra...

— Com licença, por favor... paletó de madeira?

— Ah, inferno! Caso eu morra ou seja assassinado, ou suma da vista, este punhal que o senhor, dr. Tokareff, considera que nem deveria estar na minha posse, há de tornar-se propriedade do anfitrião.

— Obrigado — disse dr. Tokareff, recomposto.

— O senhor é contra?

— *Niet*. Não. Do meu vista de ponto, este *ponhal* não pertence ao senhor.

— O punhal me foi dado de presente.

— Esta indiscrição foi devidamente repreendida, não tenho dúvida — comentou o russo, com voz suave.

— Bem — interveio Handesley, talvez por ter observado os dois sinais de alerta escarlates nas bochechas de Rankin —, torçamos para que não ofenda deixá-lo pendurado ao pé da minha escada esta noite. Venha tomar um coquetel.

Charles Rankin ficou na sala de estar com o primo. Ele passou o braço pelo de Nigel.

— Não é um cavalheiro muito deleitável, aquele gringo — disse, em voz alta.

— Cuidado, ele vai escutar!

— Não estou nem aí.

Wilde fez uma pausa na porta e os deteve.

— Eu não deixaria que isto me preocupasse, Charles — disse ele, com a voz acanhada. — A opinião dele não é de todo insensata. Eu sei alguma coisa a respeito dessas sociedades.

— Ah, inferno, qual é o problema, enfim? Venha, vamos beber. Esse assassinato tem que sair.

Nigel lhe dirigiu um olhar afiado.

— Não, não — falou Rankin, rindo —, não da minha parte... Não foi o que eu quis dizer. Outra pessoa tem que cometê-lo.

— Eu não vou ficar sozinha com ninguém — anunciou a sra. Wilde.

— Eu me pergunto — especulou Handesley — se isso é verdade... ou se é um blefe? Ou será que eu estou blefando?

— Vou levar a minha bebida comigo — disse Rosamund. — Ninguém vai tentar me assassinar no banheiro, assim espero, e só vou descer quando ouvir vozes no saguão.

— Eu subo com você, Rosamund — disseram a sra. Wilde e Angela ao mesmo tempo.

— Eu também me dirigirei ao jantar — proclamou dr. Tokareff.

— Esperem um pouco! — bradou Handesley. — Eu vou subir. Não vou passar naquele corredor sozinho!

Ouviu-se um estampido sincronizado no andar de cima. Sobraram apenas Nigel, Rankin e Wilde no saguão.

— Tomo banho antes? — perguntou Nigel a Wilde.

— Sim, pode ir — concordou ele. — É seguro que eu e Charles fiquemos juntos. Qualquer um de nós que tentar matar o outro será acusado por você, sendo a última pessoa que viu o corpo com vida. Quero o banheiro em dez minutos.

Nigel correu escada cima, deixando os dois homens terminarem os drinques. Ele tomou um banho rápido e vestiu-se à vontade. O Jogo do Assassino era divertido. Por algum motivo ele pensou que Vassili havia dado a placa escarlate ao compatriota dele. Nigel decidiu-se a não descer até ouvir a voz do dr. Tokareff. *Afinal de contas, pensou, seria muito fácil ele me pegar quando eu abrisse a porta, aí descer como se nada houvesse acontecido, esperar o momento para apagar as luzes, soar o gongo, imergir nas trevas e ficar dois minutos sem se mexer, questionando a plena voz quem haveria cometido o crime. Pelo Deus gracioso, não seria um plano de todo mau.*

Ele ouviu a porta do banheiro rangir. Um instante depois, as torneiras se abriram e a voz de Wilde o chamou:

— Nada de sangue por enquanto, Bathgate?

— Ainda não — gritou Nigel. — Mas estou muito assustado para descer.

— Vamos esperar até que Marjorie esteja pronta — sugeriu Wilde —, e descemos todos juntos. Se você não concordar, saberei que é o assassino.

— Tudo bem, concordo — exclamou Nigel, alegre, e ouviu Wilde rir sozinho e berrar a sugestão para a esposa, que supostamente ainda estava se vestindo no quarto ao lado.

Nigel foi até a mesa de cabeceira e pegou o livro que estava lendo na noite anterior. Era *Suspense*, de Joseph Conrad. Ele havia recém-aberto na folha de rosto quando ouviu uma leve batida na porta.

— Pode entrar — Nigel exclamou.

Apareceu uma servente, linda e com o rosto avermelhado.

— Ah, por favor, senhor — ela começou a dizer —, é que eu esqueci de trazer a água para o senhor barbear-se.

— Está tudo bem — disse Nigel. — Eu consegui fazer sem...

De repente o quarto ficou em escuro total.

Ele ficou parado nas trevas, com o livro invisível na mão, enquanto o som do gongo — primitivo e ameaçador — se elevou pela garganta oca da casa. O som preencheu o quarto com um clamor intolerável e se extinguiu a contragosto. O silêncio voltou a fluir e, escorrendo por ele, o som da água da banheira ainda correndo no banheiro ao lado. Depois, a voz de Wilde berrando, animada:

— Oras... mas o que foi isso...?

— De gelar o sangue, não foi? — gritou Nigel. — E quanto aos dois minutos? Só um pouquinho. O meu relógio de pulso tem iluminação. Eu marco o tempo para nós dois.

— Sim, mas veja só: eu preciso ficar na banheira? — Wilde questionou, lamurioso. — Ou você diria que eu posso sair e me secar?

— Pode puxar o tampo e pegar a toalha. Deixou Charles no andar de baixo?

— Sim, deixei. Reclamando muito quanto a Tokareff. Aliás, você acha que... — A voz de Wilde ficou abafada. Era evidente que ele havia encontrado a toalha.

— Fim do tempo! — disse Nigel. — Vou sair.

— Acenda as luzes, pelo amor de Deus — ressaltou Wilde. — Vou perder toda a diversão se não encontrar as minhas calças.

A voz da sra. Wilde surgiu como um guincho de euforia do quarto oposto.

— Arthur, me espere!

— Eu, esperar por você... — Wilde começou a dizer com voz ofendida.

Nigel acendeu um fósforo e se dirigiu à porta. No patamar da escada, o escuro era total, mas mais ao fundo do corredor ele via os pontinhos de luz dos fósforos e a incerteza dramática nos rostos, mal iluminados por baixo. Mais abaixo dele no saguão via-se o cintilar aconchegante de uma lareira. A casa estava avivada pelas vozes dos hóspedes, exclamando, rindo, interrogando-se. Protegendo a chama, ele foi tateando para descer a escada; o fósforo apagou-se, mas a luz o ajudou a fazer a volta no fim da escada e a encontrar a chave geral.

Por um instante, ele hesitou. Por algum motivo obscuro, inexplicável, ele não queria extinguir as trevas. Enquanto estava parado, com as mãos no interruptor, foi como se o tempo estivesse em suspenso.

Da escada, a voz de Handesley exclamou:

— Alguém encontrou a chave da luz?

— Eu estou aqui — respondeu Nigel, e a mão a puxou para baixo.

O brilho repentino do lustre foi cegante. Na escada, Wilde, a esposa, Tokareff, Handesley e Angela, todos encolheram-se. Nigel, piscando, deu a volta para a escada. À frente dele estava a bandeja de coquetel e, ao lado, o grande gongo assírio.

Havia um homem caído de rosto para baixo ao lado da mesa. Ele fazia ângulo reto com o gongo.

Nigel, ainda piscando, voltou-se para os outros.

— Oras — disse, encarando-os e sombreando os olhos. — Oras, veja só... aí está.

— É Charles — exclamou a sra. Wilde com a voz esganiçada.

— Pobre Charles! — disse Handesley em tom jovial.

Estavam todos se empurrando e gritando. Rankin era o único que não se mexia.

— Não toquem nele... Ninguém toque nele — disse Angela. — Nunca se mexe no corpo, sabiam?

— Um instante, por favor. — Dr. Tokareff afastou-a delicadamente.

Ele desceu a escada, olhou para Nigel, que estava transfixado fitando o primo, e agachou-se bem devagar.

— Esta jovem fala com sabedoria — disse dr. Tokareff. — Indubitavelmente, não vamos tocar.

— Charles — berrou a sra. Wilde de repente. — Meu Deus, Charles... Charles!

Mas Rankin estava em silêncio profundo e, agora com os olhos acostumados à luz, todos viram o cabo do punhal russo projetando-se como um pequeno chifre entre as omoplatas do corpo.

4. SEGUNDA-FEIRA

O detetive-inspetor-chefe Alleyn foi abordado pelo detetive-inspetor Boys no corredor em frente à sala dele.
— Qual é o seu problema? — perguntou o inspetor Boys.
— Alguém lhe conseguiu serviço?
— Você adivinhou o meu segredinho. Tenho um assassinato para resolver... não sou um detetive de sorte?

Ele dirigiu-se ao corredor principal a passos rápidos e lá encontrou-se com o detetive-sargento Bailey, que carregava um aparelho para colher impressões digitais, e com o detetive-sargento Smith, encarregado de uma câmera. Um carro os aguardava e, em questão de duas horas, eles estavam no saguão de Frantock.

Guarda Bunce, da delegacia local, encarou o inspetor com cautela.

— É um negócio de assustar, senhor — disse ele, com gosto. — Como o superintendente pegou uma virose braba e não tinha ninguém além do sargento para lidar com o caso, telefonamos para a Yard imediatamente. Este é o dr. Young, o investigador-legista da comarca. Ele que fez o exame.

Um homem pálido tomou a frente.

— Bom dia — disse o inspetor Alleyn. — Não há dúvida quanto ao veredito médico, creio eu?

— Nenhuma, lamento dizer — respondeu o médico, cujo sotaque tinha um quê de escocês. — Fui convocado imediatamente após a descoberta. A vida havia deixado o corpo há aproximadamente trinta minutos. Não há possibilidade de o ferimento ser de próprio punho. Nosso superintendente teve uma intoxicação alimentar aguda e está incapacitado. Deixei instruções claras para ele não se preocupar com o caso. Diante das circunstâncias extraordinárias e do status de sir Hubert, a delegacia local decidiu chamar a Scotland Yard.

O dr. Young parou de falar de repente, como se alguém houvesse desligado a voz dele na chave geral. Então, fez um ruído profundo e desconfortável com a garganta, um som que soava como "caaa-rum".

— O corpo? — questionou o inspetor Alleyn.

Policial e médico começaram a falar ao mesmo tempo.

— *Disculpa, dotor* — disse o guarda Bunce.

— Foi levado ao gabinete — explicou o médico. — Já foi muito remexido. Não vi sentido em deixá-lo aqui, no saguão. Muito complicado.

— Remexido? Por quem? Quero ouvir a história por inteiro. Podemos nos sentar, dr. Young? Eu não sei nada do caso.

Eles sentaram-se em frente à grande lareira, onde, há questão de doze horas, Rankin estava aquecendo-se enquanto contava uma de suas histórias "pré-prandiais".

— O nome da vítima — principiou dr. Young, com voz metódica — era Rankin. Fazia parte de um grupo de cinco convidados que estavam passando o fim de semana com sir Hubert Handesley e sobrinha. Eles estavam fazendo um desses jogos da moda, o que se chama... — Ele fez uma pausa. — Chama-se Jogo do Assassino. Vocês devem ter ouvido falar.

— Da minha parte, nunca joguei — disse inspetor Alleyn. — Não sou dos mais entusiastas em trabalhar no fim de semana. Mas creio que sei do que fala. Então?

— Bom, o senhor ouvirá mais detalhes dos hóspedes, é claro, mas entendi que estavam todos vestindo-se para o jantar quando o sinal combinado soou e, ao descer, encontraram não uma farsa, mas uma vítima de verdade.

— Onde ele estava caído?
— Aqui.

O médico cruzou o saguão e o inspetor Alleyn foi atrás. O piso na frente do gongo havia sido recém-lavado e cheirava a desinfetante.

— De bruços?
— À primeira vista, sim. Mas, como eu disse, o corpo foi remexido. Um punhal, russo-chinês e de propriedade da própria vítima, havia sido inserido entre os ombros dele em ângulo tal que perfurou o coração. Foi instantâneo.

— Entendi. Bom, não adianta eu fazer um escândalo quanto a terem mexido no corpo e lavado o chão... não agora. O estrago foi feito. O senhor não devia ter autorizado, dr. Young. Nunca, por mais que já houvesse se perdido da posição original.

O dr. Young parecia extremamente constrangido.

— Eu sinto muito. Sir Hubert estava ansiosíssimo. Foi... foi *muito* difícil. O corpo havia sido arrastado por uma distância considerável.

— Será que eu poderia dar uma palavrinha com sir Hubert — perguntou Alleyn — antes de seguirmos adiante?

— Imagino que poderá, em seguida. Ele está em choque, como é de se esperar, e eu sugeri que ele tente descansar por algumas horas. A sobrinha, srta. Angela North, está aguardando o senhor e é ela que vai avisar o tio da sua chegada. Vou chamá-la.

— Obrigado. A propósito, onde estão os demais convidados?

— Já tão avisados pra não sair da casa — disse o sr. Bunce, com diligência —, e, além disso, pra ficar longe do saguão e da sala de *istar* e pra ficar só na biblioteca. Fora lavado o chão, não tocaram em nada, senhor, nada. E a sala de *istar* ficou exatamente como tava... caso o senhor queira saber.

— Excelente. Não são magnânimos os nossos policiais? E eles estão... onde?

— Uma das moças tá na cama e o resto da turma na *bliblio--blioteca* — ele apontou com o polegar por cima do ombro. — Tão resolvendo o mistério.

— Vai ser muito interessante — disse o inspetor, sem qualquer ponta de ironia na voz suave. — Dr. Young, se puder chamar a srta. North...

O doutor correu para o andar de cima e a Lei assumiu o encargo.

O inspetor Alleyn teve um breve colóquio com os dois subordinados.

— Se não houve interferência alguma, deve haver algo para você, Bailey — disse ele ao especialista em impressões digitais. — Pela informação que recebemos, vamos precisar das digitais de todos na casa. Enquanto eu estiver falando com os convidados, ocupe-se aqui. E o senhor, sargento Smith, traga-me uma foto do local onde o corpo foi encontrado. E uma foto do corpo em si, é claro.

— Claro, senhor.

O guarda Bunce escutava atentamente.

— Já teve que lidar com um caso como este, policial? — perguntou o inspetor, com expressão distraída.

— Nunca, senhor. Pequeno furto é o pior que acontece nas redondeza, com uma e outra condução perigosa. Teve uma queda de avião faz três ano. É quase que uma propaganda do vilarejo, se for ver. Ah, tem um repórter especial na casa.

— É mesmo? Como assim?

— Um tal de sr. Bathgate, senhor. Do *Clarion*. Tá hospedado aqui.

— Especialmente auspicioso — disse inspetor Alleyn, áspero.

— Sim, senhor. É ele, senhor.

Angela vinha descendo a escada com o médico e com Nigel. Ela estava pálida e ostentava o decoro patético dos jovens que tentam encarar um desastre com bravura. O inspetor Alleyn a encontrou ao pé da escada.

— Sinto muito por ter que incomodá-la — disse ele —, mas soube pelo dr. Young que...

— De modo algum — disse Angela. — Estávamos aguardando o senhor. Este é o sr. Bathgate, que tem feito a gentileza de telegrafar e nos ajudar. Ele... ele é primo do sr. Rankin.

Nigel apertou a mão do inspetor. Desde que vira Charles caído aos seus pés — esvaziado, inexpressivo, distante, frio —, ele não sentia nem tristeza nem terror. Nem mesmo pena. E ainda assim acreditava ter tido afeição por Charles.

— Sinto muitíssimo — disse o inspetor Alleyn —, imagino que tenha sido agonizante para o senhor. Podemos conversar em outro lugar?

— A sala de estar está vazia — disse Angela. — Vamos para lá?

Eles sentaram-se na mesma sala de estar em que Charles Rankin havia dançado o tango com a sra. Wilde na tarde anterior. Angela e Nigel revezaram-se em contar ao inspetor a história do Jogo do Assassino.

Angela teve tempo para fixar o olhar no detetive, o primeiro que vira na vida, com toda a atenção. A ela, Alleyn não lembrava nem um policial à paisana nem o da concepção romântica, aqueles com rostos pálidos e olhos penetrantes. Ele parecia um dos amigos do tio Hubert, o tipo que eles sabiam que "caberia" nos fins de semana na mansão. Era muito alto, magro, de cabelos escuros, e os cantos dos seus olhos cinzentos curvavam-se para baixo. Tinham jeito de que fariam um sorriso fácil, mesmo que a boca dele não. *As suas mãos e a sua voz são sublimes*, pensou Angela, e subconscientemente sentiu-se menos infeliz.

Posteriormente, Angela contaria a Nigel que aprovara o inspetor Alleyn. Ele a tratou com ausência absoluta de qualquer demonstração de interesse pela sua pessoa, uma postura que poderia ter ofendido esta jovem moderna sob circunstâncias menos trágicas. De certo modo, ela estava contente com a imparcialidade do investigador. O diminuto dr. Young ficou sentado, ouvindo, vez por outra repetindo um ruído desarticulado e consolador. Alleyn fez anotações em uma caderneta.

— O jogo de salão, como o senhor e a senhorita me disseram — falou com a voz baixa —, estava limitado a cinco horas e meia. Ou seja, começou às 17h30 e deveria terminar antes das 23h. Ia encerrar-se com um julgamento falso. O corpo foi encontrado às 19h54. O dr. Young chegou trinta minutos depois. Quero que isto fique claro. A minha memória é podre.

Diante da declaração inortodoxa e pouco convincente, dr. Young e Angela ficaram pasmos.

— Agora, se possível — continuou o inspetor —, gostaria de ter com os outros presentes na casa. Um a um, entenderam? Enquanto isso, dr. Young pode me levar ao gabinete. Quem sabe o senhor e a srta. North possam descobrir se sir Hubert se sente apto a me receber.

— Com certeza — concordou Angela. Ela virou-se para Nigel. — Você me espera?

— Estarei aguardando, Angela — disse Nigel.

No gabinete, o inspetor Alleyn curvou-se sobre o peso silente do corpo de Rankin. Ficou olhando por dois longos minutos, com os lábios bem fechados e uma espécie de meticulosidade fazendo pressão nos cantos da boca, nas narinas e nos olhos. Então ele inclinou-se e, virando o corpo de lado, inspecionou de perto, sem tocar, o punhal que havia sido deixado no local, ainda eloquente quanto ao gesto que o havia inserido contra o osso e o músculo de Rankin até a cidadela do seu coração.

— Você pode me ajudar de tal forma que nem imagina — disse Alleyn. — O golpe, é evidente, veio de cima. Parece brutal, não é? A ponta entrou pelo corpo, como se vê... por aqui. Parece serviço de um perito.

O diminuto médico, que ainda se sentia melindrado pela reprimenda oficial quanto à remoção do corpo, aproveitou imediatamente a oportunidade de reafirmar-se.

— Sugere muita força e, penso eu, conhecimento considerável de anatomia. A lâmina penetrou no corpo pela direita da escápula esquerda e entre a terceira e quarta costelas, evitando a coluna e a borda vertebral da escápula. Está em ângulo agudo. A ponta perfurou o coração.

— Sim, imaginei que houvesse perfurado — disse Alleyn com voz suave —, mas isto não seria atribuível a... seria possível falar em sorte?

— É possível — respondeu o médico, em tom rígido —, mas creio que não.

Uma leve sugestão de sorriso subiu aos olhos de Alleyn.

— Vamos lá, dr. Young — disse em voz baixa. — Já vi que o senhor tem suas próprias opiniões. Quais seriam?

O diminuto médico lhe olhou de cima do diminuto nariz e um brilho de leve desacato temperou o seu rosto sossegado.

— Eu percebo, é claro, que diante de circunstâncias graves como esta, a pessoa deveria ter uma trava na língua — disse. — Porém, a portas fechadas, por assim dizer...

— Todo detetive — comentou Alleyn — tem que adquirir uma postura que lembra a do padre. "A portas fechadas", que assim seja, dr. Young.

— Tenho apenas o seguinte a dizer. Antes de eu chegar, na noite passada, o corpo havia sido revirado e... e... examinado por um cavalheiro russo que parece ser da medicina. Isto, apesar do fato de que — aqui o sotaque do dr. Young se tornou definitivamente mais do norte — eu tenha sido convocado imediatamente após a descoberta. É possível que na

Rússia soviética não se tenha a mesma consideração pelas minúcias da etiqueta profissional.

O inspetor Alleyn olhou para ele.

— Um conhecimento considerável de anatomia, o senhor disse — murmurou, absorto. — Ah, enfim, veremos. Que extraordinário — prosseguiu, delicadamente descendo Rankin —, o rosto dele é inescrutável. Se pelo menos houvesse algo escrito aqui. Gostaria de ver sir Hubert agora, se possível.

— Vou providenciar — disse o dr. Young, formalmente, e deixou Rankin e Alleyn sozinhos no gabinete.

Handesley já estava esperando no saguão. Nigel e Angela estavam junto. Nigel talvez estivesse mais chocado com a diferença no seu anfitrião e mais atento a isso do que a tudo mais que acontecera desde a morte de Rankin. A aparência de Handesley era pavorosa. As mãos tremiam e ele movimentava-se com uma espécie de indecisão controlada.

Alleyn entrou no saguão e foi formalmente apresentado pelo diminuto dr. Young, que parecia um tanto quanto pasmo com o sotaque decididamente oxfordiano do inspetor.

— Desculpe por tê-los feito aguardar — disse Handesley. — Estou à disposição para responder às perguntas que quiserem me fazer.

— São poucas, por enquanto — retorquiu Alleyn. — Srta. North e sr. Bathgate já me fizeram um relato claro do que se passou desde ontem à tarde. O senhor diria que poderíamos usar outro aposento?

— A sala de estar fica bem ali — respondeu Handesley. — Gostaria que nos revezássemos no local?

— Seria esplêndido — concordou Alleyn.

— Os outros estão na biblioteca — disse Nigel.

Handesley virou-se para o detetive.

— Então podemos nos dirigir à sala de estar?

— Creio que eu possa lhe fazer as poucas perguntas que quero fazer imediatamente. Os outros podem entrar depois. Pelo que sei, sir Hubert, sr. Rankin era um amigo de longa data?

— Eu o conheço a vida inteira... Simplesmente não consigo absorver... esta tragédia estarrecedora. É inacreditável... Nós... nós todos o conhecíamos muito bem. Deve ter sido alguém de fora. Tem que ter sido.

— Quantos criados o senhor tem? Eu gostaria de falar com eles posteriormente. Até lá, se puder saber os nomes...

— Sim, é claro. É imperativo que todos... que todos possam falar por si. Mas os meus criados! Estão comigo há anos, todos. Não consigo pensar em uma motivação possível.

— A motivação não será como um soco na cara. Gostaria de uma lista com os nomes dos criados, por favor.

— O meu mordomo é um russo baixinho. Ele foi o meu criado há vinte anos em Petersburgo e está comigo desde então.

— Ele era conhecido do sr. Rankin?

— Conheciam-se muito bem. Rankin hospedava-se aqui com regularidade há anos e sempre teve ótimas relações com os meus criados.

— Fui informado de que o punhal é de origem russa.

— O histórico é russo, a origem é mongol — explicou sir Hubert. Ele comentou brevemente a história do punhal.

— Humm — disse Alleyn. — Temos um russo e usam um punhal mongol. O criado já havia visto esta peça de museu?

— Sim. Ele deve ter visto. Agora, pensando bem, ele estava no saguão quando Rankin a apresentou.

— Ele fez algum comentário quanto à peça?

— Vassili? Não. — Handesley hesitou e virou-se para Nigel e Angela. — Só um instante. Ele não disse alguma coisa quando Tokareff estava discursando sobre o punhal e a associação dele com um *bratsvo*?

— Acho que sim — falou Nigel, devagar. — Ele fez algum comentário em russo. O dr. Tokareff disse: "Este campônio concorda comigo". E o senhor disse a Vassili que ele podia se retirar.

— Foi assim mesmo — confirmou Angela.

— Entendi. É uma coincidência singular que o punhal, o mordomo e o convidado sejam da mesma nacionalidade.

— Não é tão estranho assim — disse Angela. — Tio Hubert sempre teve interesse pela Rússia. Principalmente desde a guerra. Charles tinha familiaridade com a coleção de armas dele e trouxe esta coisa horrível especialmente para o tio Hubert ver.

— Sim. O punhal é interessante do ponto de vista do colecionador?

Handesley estremeceu e olhou para Angela.

— Atraiu enormemente o meu interesse — disse ele. — Eu me ofereci para comprá-lo.

— É mesmo? O sr. Rankin queria vender?

Houve uma pausa muito desconfortável. Nigel vasculhou a mente em busca de algo a dizer, mas não teve sucesso. De repente, Angela rompeu o silêncio:

— O senhor está muito cansado, tio Hubert — disse ela, com toda delicadeza. — Deixe-me contar ao sr. Alleyn.

Sem esperar pela resposta, ela voltou-se para o detetive.

— Na noite passada, Charles Rankin escreveu, de troça, uma declaração legando o punhal ao meu tio. O sr. Bathgate, aqui presente, e o sr. Arthur Wilde, outro dos nossos convidados, assinaram o documento. Foi uma piada.

Alleyn, sem fazer comentário, fez uma anotação na caderneta.

— Talvez eu queira ver esse documento mais à frente — falou ele. — Agora, quanto aos outros criados.

— Todos ingleses — disse Angela —, com exceção do cozinheiro, que é francês. Temos três criadas, duas serventes e um mocinha *cockney*, que faz um pouco de tudo, para falar a verdade. Ela é uma espécie de auxiliar da despensa que, quando recebemos muitos hóspedes, faz os serviços de lacaio e ajuda Vassili. Temos mais uma ajudante de cozinha e um rapazote para vários serviços.

— Obrigado. O senhor, sr. Bathgate, pelo que eu soube, é primo do sr. Rankin. Até onde sabe, ele tinha algum inimigo? Sei que parece uma pergunta infantil, mas pensei que poderia fazê-la ao senhor.

— Até onde *eu* sei — respondeu Nigel —, nenhum. Mas é óbvio que ele tinha.

— Ninguém que se beneficiasse da morte dele?

— Beneficiasse? — A voz de Nigel de repente embargou. — Meu Deus, sim. Eu me beneficio. Creio que ele me deixou a maior parte das propriedades dele. É melhor me prender, inspetor. Eu o matei por dinheiro.

— Meu caro jovem — disse Alleyn, com a voz ácida —, por favor não me atrapalhe com declarações estrepitosas como esta. É de uma tolice absurda. Aqui temos duas testemunhas do seu drama. Recomponha-se e deixe a função de detetive à minha pessoa. Deus sabe que já é complicado da forma como está.

O inesperado da repreensão teve efeito salutar em Nigel. Por um instante ela conseguiu afastá-lo do pesadelo que havia sido o choque.

— Desculpe — disse ele. — Eu não quero me jogar às algemas.

— Assim espero. Agora saia daqui e procure os hóspedes. Creio que o guarda local comentou algo a respeito da biblioteca. Despache-os, um a um, para a sala de estar. Srta. North, pode chamar os criados?

— A sra. Wilde — disse Angela — estava de cama até há pouco. Ela está transtornada.

— Sinto muito, mas gostaria que todos estivessem presentes.

— Muito bem, eu a chamarei. — Angela partiu para o andar de cima.

Como o interrogatório começaria por Arthur Wilde, Nigel foi esperar no jardim com sir Hubert. Aparentemente, o detetive dedicava pouquíssimo tempo às conversas, pois Nigel havia fumado apenas dois cigarros quando o guarda Bunce apareceu com a novidade de que o inspetor-chefe estava ao dispor de sir Hubert. Eles entraram e encontraram Alleyn. Handesley abriu caminho pelo saguão, onde Bunce ainda mantinha sentinela, até a grande biblioteca que ficava depois da sala de estar e da pequena sala de armas. Na porta, ele fez uma pausa e olhou sério para o inspetor.

— Vejo pelo seu cartão — disse ele, cortês —, que se chama Roderick Alleyn. Eu estive em Oxford com um homem genial do mesmo nome. Um parente, talvez?

— Talvez — respondeu o inspetor educadamente, sem revelar mais.

Ele deu um passo para trás para permitir que Nigel abrisse a porta da biblioteca e eles entraram. Ali já se reuniam todos os outros, com exceção de Marjorie Wilde. Ouvia-se a voz de Tokareff ribombando quando a porta abriu e, ao entrarem, eles o encontraram de pé em frente à lareira com os óculos, sério e enfaticamente loquaz. Rosamund Grant, pálida como a morte, estava sentada no canto oposto do recinto, imaculada e reservada. Arthur Wilde, com um ar tenso de atenção, parecia escutar a dissertação do russo com desconfiança. O dr. Young estava inquieto na janela.

— ...de modo que tirar um vida, do meu vista de ponto, não é tamanho crime como viver um vida falso — bradava Tokareff. — Este que é o crime mais mortal... — Deteve-se de repente, quando Handesley e Alleyn, seguidos por Nigel e Angela, vieram na direção dele.

— O inspetor Alleyn — anunciou Handesley, brevemente — deseja conversar com todos nós por um instante.

— Mas já fomos entrevistados — começou a dizer Tokareff. — O caçada já tem que começar. Com licença, por favor, mas eu devo ser claro de dizer...

— Todos poderiam, por gentileza, sentar-se em volta da mesa? — disse Alleyn, perfurando incisivamente o clamor do grave profundo de Tokareff.

Todos passaram a uma mesa comprida perto das janelas e sentaram-se, com Alleyn à ponta.

— Tenho a dizer apenas o seguinte — falou calmamente. — Um homem foi levado à morte nesta casa às 19h55 da noite passada. Existe a possibilidade, mas apenas uma possibilidade, de que o crime tenha sido cometido por alguém de fora. Até que o inquérito seja feito, sinto dizer que nenhum de vocês poderá deixar Frantock. Todos devem, por gentileza, confinar-se ao terreno da residência. Caso algum queira ir mais longe, exijo apenas que me avise, sim? E, se o motivo for urgente, eu providenciarei a devida escolta. Vocês terão liberdade para usar o saguão e a sala de estar uma hora após encerrarmos esta breve conversa. Durante esta hora, devo pedir que me permitam fazer uma análise dos aposentos.

O silêncio pesou. Então Rosamund Grant pronunciou-se.

— Por quanto tempo vão manter essas restrições? — perguntou. A voz, plana e sem expressão, lembrou a Nigel a de Rankin, o que o deixou chocado.

— O inquérito provavelmente acontecerá na quinta-feira — respondeu Alleyn. — Até lá, em todo caso, eu peço que fiquem onde estão.

— É absolutamente indispensável? — perguntou Handesley. — Eu, é claro, anseio para que se empreendam todos os esforços, mas creio que alguns dos meus hóspedes, como a sra. Wilde, naturalmente estejam ansiosos para fugir da associação infeliz com o meu lar. — Um tom estranho de súplica na voz dele fez Nigel ser repentinamente tomado por uma sensação enorme de dó.

— Sir Hubert — disse ele, veloz —, a situação é mais difícil para o senhor do que para qualquer de nós. Se precisarmos ficar, ficaremos, mas tenho certeza de que vamos, todos nós, tentar ser de menor incômodo e o mais prestativos que nos for possível. Diante destas circunstâncias, todas as considerações pessoais devem ir às cucuias. Sinto dizer que isto não está bem colocado, mas...

— Concordo plenamente. — Wilde o interrompeu. — É inconveniente, mas a conveniência raramente conta nessas horas. A minha esposa, tenho certeza, há de entender.

Como se em resposta àquela afirmação, a porta abriu e Marjorie Wilde entrou.

As posições dos outros, a tensão da situação e o atraso na chegada dela deram ao momento um caráter de entrada teatral. Não havia, contudo, nada mais de teatral na aparência da sra. Wilde. Ela entrou sem fazer som, a maquiagem estava menos pronunciada do que o normal e os trajes, tal como Nigel se viu pensando, estavam empenhados em projetar o luto.

— Sinto muito por fazer todos esperarem — balbuciou ela. — Por favor, ninguém precisa sair do lugar.

O marido puxou uma cadeira para ela e enfim estavam todos sentados à mesa.

— Agora — disse Alleyn —, eu creio que entendo os princípios gerais e o histórico desse jogo que acabou de maneira tão estranha e trágica. Eu não captei, contudo, o que aconteceria se descobrissem uma farsa e não uma vítima real...

— Mas, com licença — começou a dizer Tokareff —, isto é, como se diz, uma relevância?

— É perfeitamente devido, pois de outro modo eu não perguntaria. O que teriam feito no decorrer ordinário do jogo?

Ele virou-se para Wilde, que explicou:

— Deveríamos nos reunir imediatamente e fazer um julgamento de mentira, com um "juiz" e um "promotor de acusação", sendo que cada um teria direito a fazer interrogatórios. Nossa meta seria encontrar o "assassino", o integrante do grupo a quem Vassili havia dado a plaquinha escarlate.

— Obrigado. Sim, compreendi. E não fizeram nada disso?

— Minha nossa, inspetor — disse Nigel, com violência. — O que pensa de nós?

— Ele pensa que somos criminosos — respondeu Rosamund, sem pressa.

— Eu penso que o Jogo do Assassino deva ir até o fim — prosseguiu Alleyn. — Proponho que façamos o julgamento exatamente como planejado. Eu farei o papel do promotor. Não sou bom em linguajar oficial, mas darei o meu melhor. Por enquanto não haverá juiz. Será a única diferença em relação à versão original. Fora que eu espero que não haja dificuldade em descobrir de imediato quem foi o destinatário da plaquinha escarlate.

— Nisso não teremos dificuldade — disse o sr. Wilde. — Vassili entregou a plaquinha a mim.

5. O JULGAMENTO ENCENADO

O pronunciamento de Arthur Wilde teve efeito dramático e desproporcional ao seu valor de fato. Nigel sentiu um choque violento, seguido de imediato pela reflexão de que, afinal, a identidade de quem havia recebido a plaquinha tinha pouco peso no caso.

Era estranho que nenhum deles houvesse pensado em identificar o "vilão" do jogo. Nada mais.

Silêncio total se seguiu à declaração de Wilde. Rosamund interrompeu o vazio:

— Enfim — disse, calmamente. — E daí?

— Muito obrigado, sr. Wilde — falou Alleyn. A postura do inspetor havia ficado indubitavelmente mais oficial. — O senhor apresentou-se como a primeira testemunha. Recebeu a placa no jantar?

— Sim. Vassili a deixou na minha mão enquanto eu me servia do aperitivo.

— E já tinha formulado algum plano quanto a como desempenhar a sua função no jogo?

— Não exatamente. Fiquei pensando enquanto estava na banheira. O sr. Bathgate estava no quarto ao lado. Decidi que ele não seria a vítima, pois seria óbvio demais. Então ouvi o gongo, e as luzes se apagaram. Eu estava prestes a bradar que não podia ser o "assassinato", mas alguma coincidência, quando percebi que estaria me entregando antes mesmo de começar. Então fingi que achava ser o "assassina-

to" e comecei a me secar e vestir. Achei que encontraria uma "vítima" fácil no escuro. E consegui...
Uma interjeição violenta de Handesley o interrompeu.
— O que há, sir Hubert? — perguntou Alleyn com delicadeza.
— Então foi você, Arthur, que me encontrou no patamar da escada e disse: "Você é o corpo"?
— E foi você que respondeu: "Cale a boca, seu imbecil" — retrucou Wilde. — Sim, você achou que eu estava de brincadeira. Quando eu percebi, saí correndo com pressa.
— Só um instante — interrompeu o detetive. — Deixe-me entender com a devida exatidão. A confusão é tremenda. Quando soou o alarme, sr. Wilde, o senhor estava na banheira. Sabendo que era o pretenso "assassino" no jogo, o senhor imaginou que o escuro e o soar do gongo haviam sido acidentais?
— Achei que haviam soado o gongo para o jantar e que um fusível pudesse ter queimado.
— Sim, entendo. Então o senhor ficou oculto e decidiu executar o seu papel no jogo sob o manto das trevas?
— Sim — respondeu Wilde. A voz tinha a polidez da paciência.
Para um detetive, pensou Nigel, *o inspetor parece estar com muita dificuldade de entender.*
Alleyn prosseguiu:
— Então o senhor veio ao patamar da escada, encontrou sir Hubert e no mesmo instante proferiu a frase? O senhor, sir Hubert, achou que ele estava brincando?
— Sim, com certeza. O sinal havia sido dado. Aliás, eu pensei... na verdade eu pensei que fosse Rankin o culpado. Não sei por quê.
— Sr. Wilde — disse Alleyn —, nas palavras da famosa gravura: quando viu o sr. Rankin pela última vez?
— Eu estava conversando com ele sozinho no saguão antes de subirmos para nos vestir. Fomos os últimos a subir.

Charles comentou que, se algum de nós fosse o "criminoso" no jogo, não seria esperto que um vitimizasse o outro, pois todos sabiam que havíamos ficado a sós.

— Sim, exatamente. Então o sr. Rankin ainda estava no saguão quando o senhor subiu para se vestir?

— Estava.

— Alguém viu os senhores juntos?

Wilde parou para pensar.

— Sim. Eu me lembro de Mary, a auxiliar, entrar no saguão, passar ao vestíbulo e trancar a porta da frente. Ela ainda estava faxinando ou algo assim quando eu subi a escada. Lembro que lhe perguntei se ela sabia as horas... se o relógio do saguão estava certo. Ela disse: "Sim, são 19h50". E eu disse: "Meu senhor, vamos nos atrasar" ou algo assim. Corri para o andar de cima e a deixei ali.

— Supostamente, portanto, o sr. Rankin estava sozinho no saguão desde pouco após as 19h50 até 19h55, quando foi assassinado. Aproximadamente quatro minutos. Obrigado, sr. Wilde.

Alleyn fez uma rápida anotação na caderneta e olhou em volta da mesa.

— Há mais perguntas que alguém gostaria de fazer? — questionou. — Eu lhes asseguro de que são bem-vindas.

Seguiu-se um breve silêncio, interrompido inesperadamente pela sra. Wilde. Ela curvou-se sobre a mesa, olhando com um estranho ar de formalidade para o marido.

— Eu gostaria de perguntar — falou ela, apressadamente — a respeito do que você e Charles conversaram enquanto estavam a sós.

Arthur Wilde hesitou pela primeira vez.

— Eu não creio — disse, em voz baixa —, que tenhamos falado de algo que possa ter relevância para o assunto em pauta.

— Não obstante — disse Tokareff de repente —, a pergunta está feita.

— Bom... — Havia um levíssimo eco de teimosia na reposta. — Bom, nós conversamos a respeito do senhor, dr. Tokareff.

— É mesmo? O que diziam sobre mim?

— Rankin aparentemente se ofendeu com os seus comentários sobre a posse do punhal. Ele... ele sentiu que sugeria uma espécie de crítica. Ficou bastante ofendido.

O dr. Young proferiu um comentário rouco, inesperado: "Caaa-rum". Alleyn sorriu e perguntou:

— O que o senhor disse quanto ao assunto?

Arthur Wilde remexeu o cabelo.

— Eu disse para ele não ser imbecil. Charles sempre foi muito melindroso. Era característico dele. Eu tentei explicar como um punhal, tal como acreditava o dr. Tokareff, associado ao ritual mais íntimo de um *bratsvo*, naturalmente teria mais significância para um russo do que para um inglês. Em seguida, ele deixou de ficar ofendido e disse que entendia o meu argumento. Então fizemos troça um com o outro quanto ao Jogo do Assassino e eu fui embora.

— Mais questões? — questionou Alleyn.

Aparentemente não havia nenhuma.

— Percebo — disse Wilde —, que eu provavelmente fui a última pessoa, com exceção de Mary e do homem que o matou, a ver Charles com vida. Espero muito que, se alguém pensar em perguntas que gostaria de fazer, não hesite em perguntar.

— Eu gostaria de dizer — comentou Nigel — que posso corroborar boa parte do que o sr. Wilde disse. Deixei-o com Charles e ouvi o senhor subir minutos depois. O senhor vai lembrar que nós conversamos aos gritos enquanto a sua banheira estava enchendo e depois, quando as luzes se apagaram. Posso afirmar com segurança que o senhor estava no banheiro antes, durante e depois do momento em que o crime foi cometido.

— Sim — concordou Marjorie Wilde —, e você também me chamou, Arthur.

— Os quartos eram ligados? — perguntou Alleyn.

Nigel esboçou uma planta baixa dos quatro quartos e a deslizou pela mesa.

— Entendi — disse o inspetor, olhando-a com atenção. — Tenho certeza de que todos sabem avaliar a importância de firmar o relato do sr. Wilde quanto à própria movimentação. Ele já foi corroborado pela sra. Wilde e pelo sr. Bathgate. Alguém mais poderia dar um argumento que apoie as posições relativas destes três depois que o sr. Wilde subiu ao segundo andar?

— Sim — disse a sra. Wilde, ansiosa —, eu posso. Quando estava me vestindo, no meu quarto, Florence, a empregada de Angela, entrou para perguntar se eu precisava de ajuda. Ela ficou alguns instantes, não muito, mas deve ter ouvido Arthur chamando e tudo mais. A porta para o banheiro não estava bem fechada.

— Ela terá como comprovar, é claro — disse o inspetor. — Agora temos um retrato quase integral das movimentações de três dos participantes desde pouco após as 19h30 até o horário do assassinato. A sra. Wilde subiu primeiro; o sr. Bathgate, depois; e o sr. Wilde, por último. Um chamou o outro enquanto estavam vestindo-se e as vozes deles provavelmente foram ouvidas por uma criada. Sr. Bathgate, entendi que o senhor foi o primeiro a descer depois que o alarme soou e que o senhor acendeu as luzes?

A mente de Nigel estava vagando por um estranho desvio de rota que havia sido aberto pela corroboração ávida da sra. Wilde quanto à história do marido. Ele se recompôs e olhou para o inspetor. Ficou marcado que a postura oficial caía bem em Alleyn quando ele se dignava a usar.

— Sim — disse. — Sim... eu acendi as luzes.

— O senhor conseguiu descer a escada depois de passados os dois minutos?

— Sim, os outros estavam atrás de mim na escada.
— O senhor chegou à chave geral e a ligou de imediato?
— Não de imediato. Os outros estavam chamando da escada. Hesitei por um segundo.
— Por quê? — perguntou Rosamund Grant.
— Não sei dizer. Foi tudo muito estranho e eu me senti... não sei... um tanto relutante. Então sir Hubert chamou, e eu liguei a chave.
— O senhor estava conversando com o sr. Wilde até o momento em que saiu do quarto?
— Creio que sim.
— Sim, estava — disse Arthur Wilde, com um olhar amigável para ele.
— Falou com mais alguém quando estava no patamar da escada?
— Não lembro. Todos estavam conversando no escuro. Eu acendi um fósforo.
— Sim. — Angela interveio rápido. — Ele acendeu um fósforo. Eu estava mais à frente no corredor e vi o rosto dele se iluminar por baixo de repente. Ele devia ter acabado de sair do quarto.
— Sr. Bathgate — disse o detetive —, o seu fósforo ainda estava aceso, não estava, quando desceu a escada?
— Sim. Ele se apagou na metade da descida.
— Alguém passou pelo senhor na escada?
— Não, ninguém passou por mim.
— Tem certeza?
— Absoluta — disse Nigel.
— Mais alguma pergunta? — questionou Alleyn.
Ninguém se pronunciou. O inspetor Alleyn virou-se para Tokareff e falou:
— Dr. Tokareff, tratarei com o senhor agora, se me permite.
— Obrigado — disse o russo, pugnaz.

— O senhor subiu a escada com o primeiro destacamento: srta. North, srta. Grant, sra. Wilde e sir Hubert Handesley?

Tokareff dirigiu um olhar beligerante ao detetive.

— Com certeza que sim — ele disse.

— E foi direto para o seu quarto?

— Sim, imediatamente. E posso provar, pois está de bom humor enquanto no meu quarto na noite passada, então canta "A morte de Boris" fortíssimo. Está em ala distante da casa, mas a minha voz é robusta. Muitos devem ter ouvido.

— Eu ouvi — disse Handesley, que chegou a sorrir.

— O senhor estava cantando "A morte de Boris" o tempo todo... até o gongo soar e as luzes se apagarem?

— Sim, com certeza.

— Uma performance de gala! O senhor foi ao banheiro?

— *Niet!* Não! Eu não faço o banho a esta hora. Não é recomendado. É melhor à noite, antes de dormir, para abrir poros. Então o suor delicado...

— Sim, de fato. O senhor se vestiu?

— Eu vesti. Enquanto visto, canto. Quando chego ao grito de agonia, eu interpreto ao modo de Feodor Chaliapin...

— De repente, ele deu voz a um berro galvanizante. A sra. Wilde conteve um grito de susto. E o dr. Tokareff encerrou:

— Naquele momento, o gongo bate e luzes apagam. Era o jogo. Eu paro de cantar e conto sessenta duas vezes em russo. Então saio.

— Muito obrigado. Soube que o senhor foi o primeiro a perceber o que aconteceu com o sr. Rankin?

— Sim, fui o primeiro. Eu havia visto o *ponhal* da escada.

— Então o que aconteceu?

— A srta. Angela estava dizendo como piada: "Ninguém pode tocar em corpo". Eu estava concordando, não como piada, porque tinha visto que o homem está morto.

— Mas eu soube que o senhor não analisou o corpo...

— Com licença, por favor — começou a falar o russo, com forte ênfase.

Alleyn olhou rápido em volta da mesa. Uma onda veloz de consternação e pânico parecia ter reanimado o rosto de todos os hóspedes. A sra. Wilde estava branca até os lábios e Rosamund Grant a olhava fixamente. Wilde curvou-se rápido para a esposa. Ela falou de repente, com uma voz sem fôlego, diferente do rangido elegante a que estavam acostumados:

— Esperem um pouco, é melhor eu explicar.

— Agora deixe, minha cara — disse Wilde.

Mais uma vez Nigel considerou o afeto conjugal um tanto quanto incômodo.

— Está tudo bem — disse Marjorie Wilde. — Eu sei o que o dr. Tokareff vai dizer. Eu perdi a cabeça. Eu empurrei todos e me ajoelhei ao lado do corpo. Eu o puxei e olhei no rosto e tentei chamá-lo; quando vi que ele não estava mais lá, eu tentei fazer com que ele voltasse, tentei forçá-lo a voltar. Eu o arrastei pelos ombros, para sair de cima do sangue, e senti o punhal raspar o piso sob o corpo, raspando dentro dele também. Ele era pesado, só consegui fazer com que se deslocasse pouco. Todos disseram que eu não deveria tocar... Eu gostaria de não ter tocado, mas toquei.

Ela parou, tão abrupta e sem fôlego quanto havia começado.

— Foi muito melhor que tenha contado isso de imediato, sra. Wilde — disse Alleyn, bastante prosaico. — Pode-se entender a tensão emocional e o choque dessa descoberta temível. Eu gostaria — ele seguiu em termos gerais — de precisar o agrupamento de fatos dessa cena na minha mente. A sra. Wilde estava ajoelhada ao lado do corpo. Ela o havia virado de costas. Dr. Tokareff, o senhor estava em pé ao lado dela?

— Com certeza. Fiquei ali a dizer "não toca". Mas ela continua a sacudir. Eu vi imediatamente que ela está histérica e tentei levantar, mas ela resiste. Em histeria às vezes há muita *forza*. Então a srta. Grant falou muito baixo: "Não adianta chamar Charles agora, ele se foi", e a sra. Wilde parou tudo. Então eu tirei ela de perto e sir Hubert Handesley disse: "Pelo amor de Deus, certifica que está morto". Eu sei imediato que ele morreu, mas mesmo assim examino, e a srta. North diz: "Telefona para o dr. Young", então ela telefona.

— Todos concordam que o relato está substancialmente correto? — perguntou Alleyn em tom formal.

Houve um burburinho geral de concordância.

— Como prova que de 19h30 a 19h55 eu canto alto no meu quarto — proclamou o russo —, isso não é Ali Baba? Agora eu tenho que ir a Londres, onde tenho reunião marcado.

— Infelizmente não será possível — disse Alleyn, com voz suave.

— Mas... — O russo começou a falar.

— Eu explicarei mais tarde, dr. Tokareff. De momento trataremos da consumação do Jogo do Assassino. Sir Hubert, como foi a sua movimentação desde o horário em que subiu até o alarme?

Handesley olhou para os próprios dedos entrelaçados e caídos sobre a mesa. Ele não ergueu o olhar. A voz ficou uniforme e sem interrupções:

— Fui ao meu quarto de vestir na ponta do corredor. Eu me despi e conversei com Vassili, que estava separando as minhas roupas. Ele saiu e eu tomei banho. Eu havia terminado e me vestido, à exceção do meu blazer, quando ouvi uma batida na porta. Angela entrou. Ela queria saber se eu tinha aspirina. A srta. Grant estava com dor de cabeça e gostaria de tomar uma. Encontrei a aspirina e a entreguei a Angela. Ela saiu e quase imediatamente depois o alarme soou. Encontrei os hóspedes no patamar da escada e foi então que Arthur, sr. Wilde, me deu um tapa no ombro e disse: "Você é o corpo". Creio que tenha sido assim.

— Alguma pergunta?

Um vago balbucio de negação passou pela mesa.

— Srta. Grant — disse o inspetor —, a senhorita também subiu com o primeiro grupo. Onde fica o seu quarto?

— Na outra ponta do corredor transversal, na parte de trás da casa, perto do quarto de Angela... da srta. North. Nós subimos juntas. Angela entrou no meu quarto depois que tomamos banho. Foi então que eu lhe pedi a aspirina.

— Onde fica o banheiro que vocês usaram?

— Em frente ao meu quarto. Nós duas usamos. Eu fui a primeira.

— E a senhorita apenas cruzou a passagem desse banheiro ao quarto?

— Sim.

— Foi a outro lugar enquanto estava no andar de cima?

— Não. Eu desci depois do gongo.

— E a senhorita, srta. North? Como foi a sua movimentação?

— Subi com Rosamund. Enquanto ela tomava banho, fiquei lendo no meu quarto. Ao voltar do banheiro, fui ao quarto dela e, depois, ao quarto do meu tio para pegar a aspirina. Eu havia acabado de voltar à porta de Rosamund quando as luzes se apagaram.

— Onde fica o quarto do sr. Rankin?

— Ao lado do meu e imediatamente oposto à entrada da passagem que dá ao corredor. Posso complementar o desenho da planta?

Alleyn empurrou a folha de papel até ela, que esboçou os demais quartos.

— Muito obrigado — disse Alleyn. — Assim terminamos a posição dos personagens. Também encerramos a fase inicial de reconstrução do jogo. Antes de sairmos daqui, gostaria de falar com a sua criada Florence, srta. North. Tenho certeza de que compreende que é de suma importância confirmar as posições do sr. e da sra. Wilde e do sr. Bathgate.

Angela levantou-se e foi até uma campainha no consolo da lareira. Os outros recuaram as cadeiras e Wilde começou uma conversa aos cochichos com Handesley.

A campainha foi atendida não por Vassili, mas por uma criada baixinha e agitada. Ela parecia um auxiliar dos fundos que havia entrado na sala de estar por engano.

— Pode pedir a Florence que venha cá apenas por um instante, Mary? — perguntou Angela.

— Sim, senhorita.

— Ah, só um segundo, Mary — disse Alleyn, dando uma olhada para Angela. — A senhorita estava no saguão na noite passada, quando o sr. Wilde subiu a escada e o sr. Rankin ficou sozinho?

— Ah... sim, sim, estava. O sr. Roberts não é de me mandar pra frente da casa, senhor, mas na noite passada...

— O sr. Wilde falou com a senhorita?

— Ele me perguntou as horas e eu disse "dez para as oito" e aí ele disse "inferno, estou atrasado" e aí se escafedeu lá pra cima.

— O que o sr. Rankin estava fazendo?

— Fumando um cigarro, senhor, muito do contente. Aí eu falei "posso levar a coqueteleira?" e aí ele disse "não faz isso", aí ele disse "vou tomar uma rapidinha", aí ele disse, "só pra não ficar essa tez de meninote". Aí eu saí de lá, senhor, e aí passou só uns segundos, senhor, e a luz se apagou e... que horror, né?

— Terrível. Obrigado, Mary.

Depois de um olhar hesitante para Handesley, a criada foi embora.

— Não é o mordomo que atende à campainha? — perguntou Alleyn, após uma pausa.

— Sim — disse Angela, absorta. — Sim, é verdade. Mary é a auxiliar. Ela nunca atende à campainha. Não sei por que ele não veio... Estão todos transtornados, imagino que Vassili...

Ela foi interrompida na entrada por Florence, uma figura morena com uns 35 anos e expressão rija.

— Florence — disse Angela —, o sr. Alleyn quer lhe questionar sobre a noite passada.

— Sim, senhorita.

— Pode me contar, por favor — começou a dizer Alleyn —, em quais aposentos do andar de cima a senhora entrou na noite passada quando os convidados estavam se vestindo?

— É claro, senhor. Primeiro fui ao quarto da srta. Angela.

— Quanto tempo ficou lá?

— Poucos minutos. A srta. Angela queria que eu fosse perguntar à sra. Wilde se ela precisava de ajuda.

— Então a senhora foi ao quarto da sra. Wilde?

— Sim, senhor.

— E o que aconteceu lá?

— A madame pediu para eu abotoar o vestido dela. Eu abotoei — disse Florence, frugal.

— A sra. Wilde conversou com a senhora?

— A madame estava conversando com o sr. Wilde, que estava no banheiro ao lado do quarto de vestir.

— E o sr. Wilde respondeu?

— Sim, senhor. Ele estava conversando com a sra. Wilde e também com sr. Bathgate, que estava no quarto do outro lado.

— Quando deixou o quarto da sra. Wilde, aonde a senhora foi?

— Ao quarto da srta. Grant.

— Quanto tempo ficou lá?

— Eu aguardei por um instante, senhor. A srta. Grant não estava. Ela entrou minutos depois e disse que não precisava de mim. Fui embora. A srta. Angela estava vindo. Então as luzes se apagaram.

— A srta. Grant vinha do banheiro?

Florence hesitou.

— Creio que não, senhor. A srta. Grant tomou banho antes... antes da srta. Angela.

— Muito obrigado. Creio que seja tudo que eu queria perguntar.

— Obrigada, senhor.

A porta fechou-se após Florence passar. Ninguém olhou para Rosamund Grant. Ninguém disse uma palavra.

Alleyn virou uma página da caderneta e disse:

— A propósito, srta. Grant, a senhorita não disse que, fora a visita ao banheiro, não deixou o quarto até o soar do gongo?

— Só um momento! — proferiu o dr. Young, de súbito.

— Rosamund... está tudo bem — exclamou Angela, correndo até a amiga. Mas Rosamund Grant havia desabado da cadeira até o chão, desmaiada.

Na falsa confusão que se seguiu, Nigel estava ciente de uma coisa apenas, que foi o soar da campainha em resposta a uma ordem confusa de sir Hubert.

— Conhaque... é disso que ela precisa — gritava Handesley.

— É melhor um sal de amônio — disse o dr. Young. — É só abrirem essas janelas. Alguém abra!

— Eu vou buscar — anunciou Angela e saiu correndo.

Mary, avermelhada, havia ressurgido.

— Diga a Vassili para trazer conhaque — disse Handesley.

— Mas, senhor, não tenho como.

— Por que não?

— Ah, senhor, ele se foi... Ele sumiu, senhor, e ninguém aqui queria lhe dizer!

— Com mil diabos! — exclamou Alleyn.

6. ALLEYN FAZ O QUE SABE

O detetive-inspetor Alleyn havia sido extremamente específico quanto ao estado da casa. Nada podia ser tocado, ele disse, até que houvesse terminado o que chamava de "abelhudice". Nada havia sido tocado. O diminuto dr. Young, na condição de médico de polícia local, havia reforçado a questão desde o momento da chegada e o policial Bunce, no seu breve e deleitoso momento de supremacia, havia aterrorizado a criadagem ao manter todos confinados nos aposentos. Ele, contudo, não havia deixado vigia no portão, e Vassili aparentemente fugiu utilizando o simples método de sair pela porta dos fundos.

Alleyn recuperou-se da ira momentânea pelo sumiço do mordomo, telefonou para a delegacia e descobriu que o velho russo havia, com ingenuidade peculiar, embarcado no trem das 10h15 para Londres. O inspetor telefonou para a Yard e deu ordens para ele ser localizado e detido imediatamente.

Naquele momento, um destacamento de policiais à paisana havia surgido em Frantock. Alleyn mandou inspecionarem a cerca alta e praticamente intransponível, montou uma guarda de capacetes, chapéus de feltro e casacos impermeáveis nos portões, e convidou o detetive-sargento Bailey, o especialista em impressões digitais que havia chegado com ele, para ajudá-lo dentro da casa. O sr. Bunce também estava posicionado no saguão. Handesley havia sido requisitado a conter os convidados na biblioteca ou deixá-los à solta no jardim.

— Agora — disse o detetive-inspetor Alleyn —, quero falar com Ethel, a única criada que resta. Peça para ela entrar, Bunce.

Mary havia sido assustadiça; Florence, calma. Ethel, uma moça bonita de 27 anos, era inteligente e interessada.

— Onde a senhorita estava às 19h50 de ontem à noite? — perguntou-lhe Alleyn.

— Estava no meu quarto no andar de cima, senhor, na ponta do corredor dos fundos. Eu havia acabado de vestir o meu avental quando notei o horário e pensei em descer para ajudar Mary a arrumar o saguão. Então vim andando pelo corredor dos fundos até a passagem que dá para os quartos maiores.

— Então passou pelo quarto do sr. Bathgate?

— Sim, senhor, isso mesmo. Cheguei até a beira da escada, olhei e vi que o sr. Rankin ainda estava no saguão. Mary também estava, senhor, trancando a porta da frente, e ela olhou para mim e acenou com a cabeça, então eu decidi esperar até o saguão estar liberado para descer. Eu voltei e, quando passei pela porta do sr. Bathgate, lembrei que não havia trazido a água para ele se barbear e que só havia dois cigarros na cigarreira. Então bati à porta.

— E então?

— A porta não estava fechada e, quando eu bati, ela abriu-se um pouco e o sr. Bathgate falou ao mesmo tempo: "Pode entrar". Então entrei e, quando eu estava perguntando sobre a água de barbear, as luzes se apagaram e eu fiquei confusa, senhor, então saí e fui praticamente tateando até o meu quarto, senhor.

— O que o sr. Bathgate estava fazendo?

— Fumando um cigarro, senhor, com um livro na mão. Creio que havia acabado de falar algo ao sr. Wilde, que estava tomando banho ao lado.

— Obrigado, Ethel.

— Obrigada ao *senhor* — disse Ethel, lastimosa. Ela se retirou com certa relutância.

Alleyn, com um dar de ombros mental para a imensa imbecilidade de Nigel ao deixar de lado o álibi à prova de furos, seguiu com o trabalho. Roberts, o auxiliar da despensa, mostrou-se inútil. Ele estava na despensa por vinte minutos garantidos quando o gongo soou. O cozinheiro e o rapazote também eram de interesse zero. Alleyn voltou a atenção para o saguão em si.

Ele pegou uma fita métrica e tirou medidas cuidadosamente entre a mesa do coquetel e o pé da escada. A bandeja com a disposição sórdida de copos usados havia ficado intacta.

— Tudo muito arrumadinho, muito certinho — resmungou Alleyn com o detetive-sargento Bailey. — Nada remexido, com exceção do pequeno detalhe do corpo.

— Seria um belo funeral se tivéssemos um cadáver, por assim dizer — respondeu Bailey.

— Bom, o jovem Bathgate diz que o corpo estava caído em ângulo reto com o gongo. Quando Mary viu o sr. Rankin pela última vez, ele estava junto à bandeja de coquetel. Supostamente foi na ponta da bandeja que ele foi atacado. Venha cá, Bunce. Qual é a sua altura?

— Um e oitenta, senhor.

— Ótimo. O corpo tem pouco mais de um e oitenta. Fique aqui, sim?

Bunce fez posição de sentido e Alleyn circulou em torno dele, observando-o atentamente.

— O que você me diz, Bailey? — perguntou. — O serviço foi cumprido em questão de cinco minutos, no máximo. O punhal estava na tira de couro na escada, a não ser que tenha sido tirado antes, o que acho improvável. Portanto, o assassino começou daqui, pegou a coisa com a mão direita... assim... e atacou pelas costas.

Ele se prestou à pantomima de apunhalar o policial.

— Agora você entende o que quero dizer. Tenho um metro e oitenta e sete, mas não consigo acertar o ângulo. Poderia se curvar, Bunce? Ah, assim está bom; mas neste caso o corrimão me atrapalha. Ele podia estar curvado sobre a bandeja de coquetel. Mas muito longe se eu ficar no último degrau da escada. Espere um pouco. Veja se consegue captar alguma coisa do arremate ao fim do corrimão, sim, Bailey?

— Vai ser uma confusão de digitais — disse o perito, sorumbático. Ele abriu uma pequena valise e ocupou-se do conteúdo.

Alleyn ficou xeretando o saguão. Ele inspecionou a chave geral, os copos, a coqueteleira, o gongo, todas as mesas e todo o amadeirado. Fez uma pausa na lareira. Os restos de carvão da noite anterior continuavam ali.

— Eu que falei "ninguém me toca nessa lareira" — disse Bunce, de repente. — Lá em cima é tudo gás.

— Isso mesmo — concordou o inspetor. — Nós mesmos vamos lidar com a lareira.

Ele curvou-se sobre a lareira e, pegando um par de pinças, tirou os carvões um a um, deitando-os sobre uma folha de jornal. Enquanto fazia isso, comentava o processo com o detetive-sargento Bailey.

— Você encontrará as digitais da srta. North no desenho da planta da casa que eu deixei ali na bandeja. As de Bathgate também. Precisamos de todas, é claro. As canecas de escovas de dentes do andar de cima também serão proveitosas neste sentido. Odeio pedir digitais, sinto-me muito constrangido. Nem preciso dizer que não há nada no punhal... tampouco na chave da luz. Hoje em dia nem um pateta deixaria as digitais, se puder evitar.

— Isso mesmo, senhor — concordou Bailey. — Tem uma mixórdia mesmo no corrimão, mas acho que sai coisa melhor do arremate.

— Do arremate, é? — disse Alleyn, que havia tirado o cinzeiro de baixo da lareira.

— E em uma posição curiosa, ainda por cima. Há a impressão distinta de uma mão esquerda, apontando para baixo. É um lugar estranho para se pôr a mão esquerda quando o corrimão faz esta curva ao final da escada, por dentro. E uma impressão muito evidente também. Eu vi a olho nu de imediato.

— A sua visão é fabulosa, Bailey. Teste no alto da escada. Opa, o que é isto?

Ele estava remexendo as cinzas do depósito da lareira e fez uma pausa. Agachou-se e espiou um objeto pequeno e sinistro na palma da mão.

— Fez uma descoberta, senhor? — perguntou o perito em digitais, que agora estava trabalhando no alto da escada.

— Alguém andou jogando os pertences fora — resmungou o inspetor.

Ele puxou uma pequena lupa e fechou um olho para ver através dela.

— Um botão de pressão Dent's — ele murmurou —, com um fragmento de... isso mesmo, de couro... carbonizado, mas inegavelmente é. Ah, enfim.

Ele colocou o troféu dentro de um envelope e escreveu na aba.

O inspetor passou os vinte minutos seguintes engatinhando no chão, subindo em cadeiras para analisar a escadaria e, fora dos degraus, inspecionar com cautela as caixas de cigarro, guiando Bailey a testar o balde de carvão e os ferros da lareira em busca de digitais.

— E agora, vamos aos quartos. O rabecão chegará a qualquer momento, Bunce. Vou deixar você recebê-lo. Venha — disse ele, e abriu caminho até o andar de cima. No patamar, fez uma pausa e olhou em volta.

— À sua esquerda — informou a Bailey —, o quarto da sra. Wilde, o quarto de vestir do marido dela, um banheiro e o quarto do sr. Bathgate. Todos têm comunicação. Muito sociável e deveras incomum. Bom, creio que começaremos pelo princípio.

O quarto da sra. Wilde estava desarrumado e tinha certa semelhança com um quarto de comédias modernas. Ela havia desfeito a personalidade da decoração e Florence não tivera permissão para colocar tudo no lugar. A cama não havia sido arrumada e a bandeja de chá do início da manhã ainda estava na mesa.

— É dali que você vai tirar as digitais, Bailey — disse o inspetor, e mais uma vez o perito puxou a valise.

— Soube que aqui o álibi é muito bom — comentou Bailey, passando um fino pó na superfície do copo.

— Muito bom? — respondeu Alleyn. — Está muito bom para todos com exceção da srta. Grant. Ela contou uma mentira substanciosa a respeito da movimentação dela e ainda por cima deu sequência com um desmaio.

Ele abriu uma maleta e começou a verificar o que havia dentro.

— E quanto a essa questão russa, senhor? O médico ou seja lá o que for?

— Sim, ele parece uma aposta garantida. Você acha que é ele, Bailey?

— Bom, pelo que você me contou do punhal e de tudo mais, parece possível. Da minha parte, prefiro o mordomo.

— Se Tokareff é o nosso homem, ele tem reflexos de gato. O quarto fica bem distante no corredor e ele cantou, pelo que me contam, sem parar. Quanto ao mordomo, ele estava nos aposentos dos criados o tempo todo e foi visto lá.

— Mas é garantido, senhor? Afinal de contas, ele deu no pé.

— É verdade. Ele é bastante tentador; mas, quando você tiver as digitais do corrimão, vou saber melhor se eu estou no rumo certo. Agora faça a sua parte no banheiro, sim, Bailey? Bathgate e Wilde estarão em predomínio. Depois volte e repasse essa cômoda enquanto eu vou aos outros quartos. Você se importa de fazer algo que foge um pouco da sua função?

— Nem um pouco, senhor. O que procuro?

— Uma luva, apenas uma. Provavelmente couro de cachorro amarela. Mão direita. Eu não espero encontrá-la aqui. Faça uma lista de todas as roupas, por favor.

— Certo, senhor — falou Bailey do banheiro.

Alleyn o seguiu e olhou em volta do quarto de vestir e do banheiro com cuidado. Então foi para o quarto de Nigel.

Estava praticamente igual à noite anterior. A cama não havia sido usada. Alleyn soubera por Bunce que Nigel havia passado a noite acordado, tentando fazer ligações para o advogado da família, para a redação e, em nome da polícia, para a Scotland Yard. Ele fora inestimável para Handesley e para Angela North. Havia tido sucesso em conseguir fazer Tokareff parar de falar e ir para a cama, e havia silenciado a histeria da sra. Wilde depois que o marido desistiu e a deixou fazer o que quisesse. O inspetor considerava que a afirmação de Ethel de que havia visto Nigel no quarto quando as luzes se apagaram já servia de prova da sua integridade. Contudo, ele inspecionou o cômodo atentamente.

Suspense, de Conrad, estava na mesa de cabeceira. As pontas de dois cigarros Sullivan Powell estavam no cinzeiro. Uma rápida investigação mostrou que eram os últimos na caixa de cigarros às 19h30 da noite anterior e, Ethel, reconvocada, repetiu que havia percebido a caixa vazia e o sr. Bathgate fumando os últimos na visita dela ao quarto com fim dramático. Os cigarros do próprio sr. Bathgate eram de uma variedade mais barata.

— *Exeunt* sr. Bathgate — murmurou o detetive consigo.

— Ele não teria como fumar dois cigarros, cometer um assassinato e conversar com uma criada ao mesmo tempo, em dez ou doze minutos. — Ele havia chegado a esta conclusão quando a porta se abriu e o próprio Nigel entrou.

Ao ver o homem da Scotland Yard no seu quarto, Nigel imediatamente sentiu-se culpado como se as mãos estivessem metaforicamente encharcadas com o sangue do primo.

— Sinto muito — gaguejou —, não sabia que estava aqui. Vou deixá-lo a sós.

— Não é necessário — disse Alleyn, amigavelmente. — Não vou lhe botar algemas. Quero lhe fazer uma pergunta. Por acaso o senhor ouviu alguma coisa no corredor enquanto estava se vestindo na noite passada?

— Que tipo de coisa? — perguntou Nigel, tomado de alívio.

— Bom, o que se ouve em corredores, penso eu? Passos, por exemplo?

— Não, nada. Veja que eu estava conversando com Wilde o tempo todo e a banheira dele estava enchendo... eu não teria como ouvir nada.

— Eu soube que a sra. Wilde esteve no próprio quarto o tempo todo. Lembra-se de ouvir a voz dela?

Nigel ficou pensando.

— Sim — disse, finalmente —, sim, eu garanto que ouvi o sr. Wilde chamá-la e a ouvi responder.

— Em que momento exato? Antes ou depois de as luzes se apagarem?

Nigel sentou-se na cama com as mãos na cabeça.

— Não há como eu ter certeza. Eu diria que ouvi a voz da sra. Wilde, e *acho* que foi antes *e* depois de as luzes se apagarem. É importante?

— Tudo é importante, mas visto em conjunto com a declaração gélida de Florence, a sua é útil como corroboração. Agora, venha cá e me mostre onde fica o quarto de Tokareff, sim?

— Acho que sei onde é — disse Nigel. Ele abriu o caminho pelo corredor que levava aos fundos e virou à esquerda.
— A julgar pela minha lembrança das proezas vocais dele, eu diria que foi daqui.

Alleyn abriu a porta. O quarto estava arrumado de forma excepcional. A cama tinha sido usada, mas estava pouco mexida. O dr. Tokareff aparentemente havia passado uma noite tranquila. Na mesa de cabeceira havia um *Dicionário Webster* e um exemplar bem manuseado de *A sonata a Kreutzer* em inglês.

— Muito obrigado, sr. Bathgate — disse Alleyn. — Eu sigo daqui.

Nigel retirou-se, agradecido por deixar a atmosfera de investigação oficial e ainda assim, paradoxalmente, com uma espécie de curiosidade frustrada.

O inspetor Alleyn abriu o guarda-roupa e as gavetas e anotou os conteúdos. Depois voltou a atenção para a maleta que havia sido encaixada sob uma das cômodas. Nela, encontrou um pequeno estojo de escrita de couro com fechadura que abriu de imediato ao manuseio de uma chave-mestra. O estojo continha vários documentos datilografados em russo, algumas fotos, a maioria do próprio doutor, e uma bolsinha de camurça na qual encontrou um pequeno carimbo sobre um engate de aço. Alleyn o levou à mesa de desenho, entintou e pressionou contra uma folha. A impressão tolerável era de um punhal com uma lâmina comprida. O inspetor assobiou suavemente entre os dentes e, voltando aos documentos, encontrou uma impressão similar em muitas das páginas. Copiou uma ou duas frases na caderneta, limpou cuidadosamente o carimbo e substituiu tudo no estojo, travando a fechadura e devolvendo a maleta à posição anterior. Então escreveu uma anotação: "Comunicar com Sumiloff a respeito", deu uma última olhada em volta e retornou ao corredor.

A seguir ele foi ao quarto de Angela, e depois ao de Rosamund Grant. Por fim visitou o quarto, o quarto de vestir e o banheiro de Sir Hubert Handesley. Ele submeteu todos a buscas igualmente meticulosas, fazendo uma lista de roupas, repassando os bolsos, procurando, examinando e devolvendo ao lugar cada móvel e roupa. Encontrou pouco que o interessasse. Havia feito uma pausa para acender um cigarro no quarto de vestir de Handesley quando uma leve batida na porta e um burburinho cordial do lado de fora anunciou a presença do detetive-sargento Bailey.

Alleyn saiu ao corredor.

— Com licença, senhor — disse Bailey —, mas creio que encontrei uma coisa.

— Onde?

— No quarto da moça, senhor. Deixei no lugar.

— Já vou.

Eles voltaram ao quarto de Marjorie Wilde, passando por Mary, de olhos arregalados, no patamar da escada.

— Oras, Mary — falou Alleyn, sério —, o que está fazendo aqui em cima? Achei que havia pedido a todos que ficassem nos aposentos por uma hora.

— Sim, senhor. Sinto muitíssimo, senhor, mas o mestre que pediu a jaqueta Norfolk que tem o cachimbo, senhor, e aí o sr. Roberts me mandou subir pra pegar.

— Diga a Roberts que achei que ele havia entendido as minhas instruções. Eu mesmo levo a jaqueta a sir Hubert.

— Sim, senhor — balbuciou Mary, lastimosa, e desceu a escada com pressa.

— Bom, Bailey, o que foi? — perguntou o inspetor, fechando a porta da sra. Wilde atrás de si.

— Esta engenhoca de gaveta — disse Bailey, com um ar levemente depreciativo de independência social.

As seis gavetas de uma cômoda georgiana estavam dispostas no chão.

— Você não tem bom gosto para antiguidades, Bailey — disse o inspetor Alleyn. — É uma bela peça, de fato. — Ele foi caminhando até a carcaça vazia e roçou o tampo com estima.

— Está um pouco gasta do uso, contudo — disse Bailey.

— A armação no fundo é oca e tem um buraco no revestimento interno. Viu, senhor? Bom, me parece que alguém andou forçando aquela gaveta de baixo e empurrou um objeto mole e pequeno na ponta. Caiu no fundo. Dá para tocar.

Alleyn ficou de joelhos e colocou os dedos no vão ao fundo da cômoda.

— Me dê aquela abotoadeira na mesa — disse ele, depressa.

Bailey lhe entregou. Em questão de minutos o inspetor soltou um grunhido de satisfação e pescou um objeto mole e diminuto. Ele o largou no chão e ficou olhando com concentração extraordinária. Era uma luva feminina amarela de couro de cachorro.

O inspetor tirou um envelope do bolso e dele retirou um botão de pressão desbotado e com bolhas, ao qual minúsculas partículas de couro ainda estavam coladas. Deixou-o ao lado do fecho do achado e apontou o dedo comprido para o chão.

Os dois botões eram idênticos.

— Não é um mau começo, Bailey — disse o inspetor Alleyn.

7. RANKIN DEIXA FRANTOCK

Após breve cogitação, Alleyn foi à escrivaninha e, soltando a luva, puxou uma cadeira, sentou-se e ficou fitando o achado como se fosse uma espécie de enigma por cuja solução correta se oferecia grande prêmio. Ele franziu os lábios até ficarem tortos e cruzou uma das pernas compridas sobre a outra. Por fim, tirou uma régua metálica e uma fita métrica do bolso e começou a tirar medidas meticulosas.

Bailey remontou a cômoda, usando precisão metódica na dobra de cada roupa que ela continha.

— Traga-me uma das luvas da dama, sim? — falou Alleyn de repente, com um resmungo.

Bailey escolheu uma peça minúscula e delicada de camurça castanho-clara e a deixou sobre a escrivaninha.

— O tamanho parece muito menor — disse ele, antes de voltar ao trabalho.

— É menor; mas, no caso, é de um tipo distinto — retorquiu o inspetor. — A que o senhor achou é do gênero esportivo. Masculina, de usar com *tweed* e vara de tiro. Aliás, um homem com mão de tamanho moderado poderia usá-la.

Ele cheirou as duas luvas e procurou o nome dos fabricantes.

— É o mesmo — disse, e curvou-se para fazer mais medidas, que anotou na caderneta. — Então é isso — falou, por fim, e entregou a luva de camurça a Bailey, que delicadamente a devolveu ao lugar.

— E a outra? — perguntou Bailey.

Alleyn ponderou por um momento.

— Eu acho — disse, enfim —, eu *acho* que vou levá-la até encontrar o par. Já terminou aqui?

— Sim, senhor.

— Então prossiga com as digitais dos outros quartos, sim? Eu o encontro no quarto do sr. Rankin antes do almoço. Aguarde-me lá. — Ele colocou as luvas no bolso e desceu a escada.

O saguão estava deserto à exceção do sr. Bunce, que mantinha guarda na porta da frente. Alleyn passou por ele e entrou no vestíbulo. O sr. Bunce girou e ficou olhando em transe pela partição de vidro. No que ia se meter agora?

Havia um ou dois casacos grossos pendurados no vestíbulo, assim como uma coleção de bengalas e um par de galochas. Alleyn inspecionou cada um dos objetos deprimentes de perto, tateando os bolsos, anotando na indefectível caderneta. A respiração do sr. Bunce fazia uma pequena bruma no vidro.

Por fim, o inspetor tirou do bolso uma luva amarela de couro de cachorro. Ele a jogou no banco, pegou de volta, soltou entre as bengalas, retomou mais uma vez e, por fim, a largou no chão. Ao perceber o olhar do policial, talvez considerando o tormento da sua curiosidade, Alleyn levou o dedo aos lábios e ergueu a sobrancelha esquerda. Um espasmo de gratificação intensa cruzou o rosto do sr. Bunce, sucedido por uma expressão de reles astúcia. À moda de *Ercles*, o sr. Bunce poderia estar pensando. Alleyn pegou um cachimbo e o abasteceu. Depois abriu a porta de vidro. Bunce voltou um passo.

— Onde estão as damas e os cavalheiros? — perguntou Alleyn.

— No jardim, senhor — disse Bunce.

— A que horas será o almoço?

— Às 13h15.

O inspetor voltou-se para o relógio: 12h55. A manhã havia sido atribulada. Ele voltou à varanda, sentou-se no banco e, durante dez minutos, fumou cachimbo sem dirigir um olhar sequer ao policial. A varanda ficou adensada pela fumaça de tabaco. Às 13h05, Alleyn abriu a porta externa, bateu o cachimbo à beira do degrau de pedra e continuou olhando para a entrada da casa.

Em seguida, o som das vozes começou a vir do jardim. Alleyn voltou correndo à varanda e Bunce, mais uma vez elétrico, o viu derrubar dois ou três casacos e jogá-los no chão. Ele estava curvado sobre os casacos quando Handesley, o sr. e a sra. Wilde, Angela e Tokareff subiram os degraus da entrada. O grupo se deteve ao ver o detetive. O silêncio absoluto se abateu sobre todos.

— Sinto muitíssimo — disse Alleyn, aprumando-se. — Infelizmente estou no caminho. Apenas uma inspeção de rotina, sir Hubert. Imagino que seria possível alguém se esconder atrás destas roupas.

Houve mais do que uma sugestão de entusiasmo na reação de Handesley.

— Sim... sim, de fato, creio que seja deveras possível — concordou depressa. — O senhor acredita que é o que pode ter acontecido? Que alguém veio de fora antes de a porta ser trancada e aguardou até... até surgir uma oportunidade?

— É uma possibilidade que eu mesmo cogitei — começou a dizer o russo. — É nítida como...

— A porta ainda estava trancada, não estava? — Alleyn o interrompeu. — Depois que o crime foi cometido?

— Estava — respondeu Handesley —, sim, estava. Ainda assim, o assassino pode ter fugido no escuro usando uma das outras portas, não é mesmo?

— É digno de consideração — concordou Alleyn.

Ele pendurou os casacos e, ao fazê-lo, deixou cair uma luva amarela. Curvou-se para recolhê-la do chão.

— Uma luva só — disse. — Parece que deixei cair de um bolso. Sinto muito. Alguém reivindica a posse?

— É sua, Marjorie — disse Angela, repentinamente.

— Oras... é mesmo. — A sra. Wilde olhou para a luva sem tocar. — É... é minha. Achei que a havia perdido.

— Não estou vendo a outra — disse Alleyn. — Esta é da mão esquerda. Não me diga que eu consegui perder a direita.

— Era a esquerda que eu havia perdido. Devo ter deixado cair aqui.

— Tem certeza de que a senhora não deixou as duas aqui embaixo, sra. Wilde? — perguntou Alleyn. — Veja que, se deixou, e a direita desapareceu, talvez valha a pena procurá-la.

— Está dizendo — falou Handesley — que a luva da mão direita pode ter sido levada... pelo assassino quando se escondeu aqui?

— Me parece uma teoria interessante — disse Arthur Wilde. — Querida, quando perdeu a luva?

— Ah, não sei... como vou saber? — respondeu, esbaforida. — Ontem... ontem saímos para uma caminhada... ele e eu. Eu estava com a luva da direita. Ele que havia me dado... lembra, Arthur? Foi no Natal passado. Ele me provocava por tê-la perdido. — Ela virou-se cegamente para Wilde, que colocou o braço por cima da esposa, protegendo-a do mundo como se fosse uma criança.

— A senhora usou uma luva só ontem? — insistiu Alleyn.

— Sim... sim, usei.

— E, quando entrou, o que fez com ela, sra. Wilde?

— Não lembro. Não está no meu quarto.

— Você imagina que poderia ter deixado aqui? — perguntou Angela, com voz delicada. — Marjorie, *tente* se lembrar. Eu entendo o que o sr. Alleyn está tentando dizer. Pode ser importantíssimo.

— Eu já disse que não lembro. Eu creio que sim. Sim... deixei. Tenho certeza de que deixei. Você não diria que eu deixei, Arthur?

— Querida do meu coração! — disse Wilde. — Eu não a vi; mas sei que geralmente você atira as luvas longe assim que entra. Eu apostaria alto que você fez isso. O fato de que a perdida estava aqui — prosseguiu, voltando-se para Alleyn — indica que podia ser um dos seus lugares preferidos para largar as luvas.

— Também acho — disse Alleyn. — Muito obrigado, sra. Wilde. Desculpe pelo incômodo.

Ele abriu a porta interna e a sra. Wilde e Angela passaram, seguidas pelos homens. Handesley fez uma pausa.

— E quanto ao almoço, sr. Alleyn? — perguntou. — Seria um prazer...

— Obrigado — respondeu o inspetor —, mas creio que vou encerrar por aqui e nos quartos. O rabecão chegará às 13h30. Sugiro, sir Hubert, que mantenha os seus convidados na sala de jantar pelo tempo que for possível.

— Sim, sim — disse Handesley, virando-se rapidamente. — Sei a que se refere. Sim, vou mantê-los.

Roberts, o homem da despensa, entrou no saguão e anunciou o almoço. Alleyn esperou até que todos fossem embora, colocou a luva no bolso e subiu para o quarto de Rankin, onde encontrou Bailey o aguardando.

— Teve sorte, senhor? — perguntou o perito em digitais.

— Não muita. A luva é da sra. Wilde, que a havia perdido. Provavelmente enfiou na ponta da gaveta quando entrou aqui. Ela usou a da mão direita ontem e acredita-se que ela a tenha deixado no vestíbulo, no andar de baixo. Esta conclusão pode ter advindo da minha sugestão, pois eu disse que supostamente havia encontrado a outra luva ali. Contudo, parece provável. Se ela deixou, qualquer um poderia ter pegado. Comecei o rumor de que nosso homem pode ter vindo de fora. Vocês viram como é o terreno. Deveras improvável, mas é útil fazer eles pensarem que é a nossa teoria.

— Seria muito fácil o mordomo pegar aquela luva no saguão ou no corredor e ficar com ela por perto — disse Bailey.

— Ah, a sua teoria predileta. Sim, seria. Seria igualmente fácil para os outros fazer a mesma coisa. Tire todas as roupas do armário, sim, Bailey? Diabos. Eu tinha esperanças com aquela luva.

— A impressão de mão esquerda no arremate do corrimão é do sr. Wilde — disse Bailey.

— É mesmo? — respondeu Alleyn, sem entusiasmo. — Você não é o máximo?

— O que me parece, senhor — disse Bailey, ao abrir as portas do guarda-roupa —, é que quem apunhalou o sr. Rankin correu um risco enorme. Imagine se ele houvesse se virado e visto a pessoa.

— Se era algum dos convidados, bastava fingir que era o assassino no jogo.

— Como ele saberia que Rankin não era o "assassino"?

— Era uma chance em oito — disse Alleyn. — O sr. Wilde era o único que teria certeza, e ele estava tomando banho. Só um instante, porém... havia mais um.

— Sim, senhor. Vassili.

— Um ponto para você, Bailey. Mas Vassili não estava jogando.

— Bom, senhor, creio que estava.

— Não tenho certeza se discordo, sabia? O que temos aqui?

Bailey havia disposto os ternos de Rankin sobre a cama e estava borrifando pó branco no jarro d'água e no copo. Os dois trabalharam algum tempo em silêncio até Alleyn chegar no último traje de Rankin: um smoking. Este, ele levou até a janela e inspecionou mais de perto.

— Por regra, há muito menos a se obter das roupas de um homem que tem um empregado do que daqueles das classes mais baixas. "Recomendado por alta taxa de sucesso em homicídios" seria uma referência reveladora para qualquer lacaio. Aqui, contudo, temos uma exceção. Supostamente, o empregado do sr. Rankin o despachou para cá com um smoking aprumado. No sábado à noite, ele havia conseguido manchá-lo com algo de base líquida.

— Abraçado nas moças, ao meu ver — falou o detetive-sargento Bailey, com placidez.

— Pobre diabo! Há certos aspectos do nosso trabalho que não são dos mais deleitosos.

Alleyn puxou um envelope e um canivete. Após raspar o casaco delicadamente, ele conseguiu tirar uma pitada de pó claro.

— Talvez eu tenha que mandar o smoking para análise — disse —, mas creio que isso já basta. Pode repassar papéis e gavetas, Bailey. Aí creio que encerramos.

Ele deixou o colega e voltou aos quartos da sra. Wilde, de Angela e de Rosamund Grant. Em cada penteadeira encontrou conjuntos de frascos e caixas. A sra. Wilde aparentemente viajava com meio salão de beleza a tiracolo. O inspetor, que havia recolhido um estojo do andar de baixo, abriu e tirou vários frascos diminutos, sendo que em cada um derramou amostras de base líquida e de perfume. Depois os levou de volta ao quarto de Rankin e, pegando o smoking, fungou antes de parar e refletir.

— Eu diria — falou ele a Bailey —, eu diria que é um misto de Leite de Gardênias com Chanel N. 5. Da sra. Wilde com um toque de srta. Grant, na verdade. Mas a análise pode me corrigir.

— Alguém — disse Bailey — espanou o perímetro exterior da escada e não o interno. Há uma marca de luva no arremate. O senhor percebeu?

— Como você insiste nessa escada! — exclamou Alleyn.

E com isso ele finalmente acabou com os quartos e desceu a escada. No saguão, encontrou Nigel.

— Acabou de almoçar bastante cedo, sr. Bathgate — disse Alleyn.

— Eu deixei o almoço — disse Nigel. — Sir Hubert me disse o que ia acontecer e eu pensei em... se não se importa, eu gostaria de... me despedir de Charles.

— Oras, é claro. Apenas pensei que, em prol das damas, seria melhor que o transporte acontecesse do modo menos perceptível. Gostaria de entrar no gabinete?

— Se possível, por favor.

Então Nigel parou e olhou pela última vez para Charles Rankin. Ele nunca havia visto a morte, mas ela não lhe pareceu tão estranha. Ele só teve dificuldade em tocar em Charles, um gesto que, por motivo obscuro, se sentiu compelido a fazer. Estendeu a mão e tocou o peso gelado da testa. Então voltou ao saguão.

O rabecão havia chegado e os homens já estavam aguardando. Eles tiraram Rankin do gabinete e, em curtíssimo tempo, haviam levado-o. O inspetor Alleyn ficou ao lado de Nigel nos degraus da entrada, assistindo até o carro sumir de vista. Nigel estava ciente da presença e concluiu que gostava do detetive. Quando o som do carro já havia se extinguido, ele virou-se para falar com Alleyn, mas o detetive já havia ido embora. Era Angela quem estava na porta.

— Eu sei o que está acontecendo — disse ela. — Vamos dar uma caminhada.

— Eu gostaria — disse Nigel. — Aonde vamos?

— Acho que o melhor que poderíamos fazer seria dar uma volta no terreno, rápida, e depois terminar com uma boa partida de badminton.

— Combinado — disse Nigel. Então partiram.

— Precisamos muito de uma saída como essa — comentou Angela com firmeza, depois de andarem em silêncio por algum tempo —, senão vamos ficar mórbidos.

— Eu imaginava que, com você, essa era uma impossibilidade.

— Pois está errado. Há um córrego no fim desse campo. Se não estiver lodoso demais, podemos saltar. O que estava dizendo? Ah, sim. Eu e a morbidez. Eu lhe garanto que posso ficar amarga como um romance russo. Ah, pelos céus, não vamos começar a falar de russos! Na minha opinião, o dr. Tokareff é de deixar qualquer um surdo.

— Ele é mesmo fatigante.

— Nigel! — disse Angela de repente. — Vamos fazer um pacto. Sejamos honestos entre nós dois. Quanto ao assassinato, no caso. Vai ajudar muito. Concorda? Ou estou incomodando?

— Concordo. Fico muito feliz que você tenha sugerido, Angela; e como você seria um incômodo?

— Bom, então está tudo bem. Não creio que você tenha matado Charles. Você acha que eu o matei?

— Não — disse Nigel.

— Quem você diria que o matou?

— Sinceramente, *não* consigo imaginar.

— Mas — insistiu Angela — você deve ter alguma propensão... imagino que sim.

— Creio, então, que eu tenderia para Vassili, embora ele parecesse um camarada de bem e genuíno.

— Sim, eu sei — concordou Angela. — Eu *acho* que foi Vassili, mas não *sinto* que tenha sido *ele*.

— Quem você sente que foi, Angela? Não responda se achar que não deve.

— Faz parte do pacto.

— Eu sei — disse Nigel —, mas não diga se prefere não dizer.

Eles haviam chegado ao minúsculo córrego que passava pelo fundo do terreno. O solo dos dois lados estava enlameado e pontilhado de poças.

— Eu quero — disse Angela —, mas será como atravessar o córrego.

— Deixe que eu a carregue.

— Eu não me importo de me sujar.

— Mas eu me importo se você se sujar. Deixe que eu a carregue!

Angela olhou para ele. *O que é isso?*, pensou Nigel, confuso. *Eu acabei de conhecê-la. O que está acontecendo?*

— Pois bem — disse Angela, e colocou um braço em volta do pescoço dele.

O lamaçal líquido fluiu para os sapatos do jornalista e a água que batia nos tornozelos dele parecia gelo. Nenhum desses incômodos levou Nigel a se arrepender. Quando eles chegaram à terra firme, ele seguiu caminhando alegremente até eles estarem perto das árvores.

— Pode me colocar no chão — disse Angela, perto do ouvido dele. — Imediatamente — acrescentou, com voz bastante alta.

— Sim, é claro — disse Nigel, que obedeceu.

— Agora — prosseguiu Angela, com o rosto rosado —, depois de cruzar o córrego, eu lhe digo quem eu sinto...

— Só um instante — disse Nigel de repente.

Atrás deles, do lado do terreno onde ficava a casa, uma voz chamava-o.

— Sr. Bath-gate!

Eles se viraram e viram a sra. Wilde acenando com veemência.

— Telefonema de Londres para o senhor — gritou a sra. Wilde.

— Maldição — resmungou Nigel. — Obrigado! — ele gritou de volta.

— Você vai ter que voltar — disse Angela. — Eu vou dar a volta longa pelo celeiro.

— Mas você não me contou...

— No fim das contas, acho que não vou contar — disse Angela.

8. DA BOCA DE UMA CRIANÇA

I

A ligação interurbana para Nigel era do sr. Benningden, o advogado da família. Sr. Benningden era um daqueles homens baixinhos e enxutos que tanto lembravam o porte tradicional do advogado que perdiam a individualidade por conta da conformação perfeita ao tipo. Ele estava deveras transtornado com a morte de Charles Rankin. Daquilo Nigel podia ter certeza, pois o conhecia muito bem. A voz seca e as frases bem pontuadas do advogado, contudo, não haviam perdido nada da precisão formal. Ele havia feito planos para chegar a Frantock na tarde seguinte. Nigel desligou o telefone e foi ao celeiro à procura de Angela.

Na metade do caminho encontrou Alleyn, que estava conversando com um auxiliar de jardineiro. Evidentemente o inspetor havia ampliado a investigação dos criados da mansão à criadagem externa. Nigel lembrava que no dia anterior os convidados haviam passeado em duplas e trios. Ele havia visto a sra. Wilde e Rankin no jardim, e ponderava se também havia visto Wilde e Rosamund juntos. Alleyn tentaria traçar os movimentos de cada indivíduo? Havia alguma significância em cada agrupamento? O que, perguntou-se Nigel, e não pela primeira vez, exatamente o inspetor *queria*? O auxiliar de jardineiro tinha à mão uma criança muito pequena, muito suja e muito avermelhada, de sexo indecifrável, que Alleyn observava com um ar cômico de frustração.

— Sr. Bathgate — exclamou o inspetor. — Um instante! Diga-me, o senhor tem jeito com crianças?

— Eu não sei.

— Bom, não tente fugir assim. Este é Stimson, o sub-subjardineiro, e esta é a filha dele... hã... Sissy. Sissy Stimson. Stimson me disse que ontem ela voltou do bosque contando a história de que havia visto uma mulher chorando. Eu queria saber mais, mas ela é uma testemunha complicada. Veja se você tem algum sucesso. Eu quero determinar tanto a identidade da dama lacrimosa quanto da pessoa que aparentemente caminhava junto. Sissy não é exatamente uma criancinha fofoqueira. Hã, Sissy... O sr. Bathgate veio falar com você.

— Olá, Sissy — disse Nigel, com relutância.

Sissy jogou-se na perna do pai e enterrou o rosto nas calças sujas.

— Pode parar, *minina* — disse Stimson. — Ela é uma criança diferente, senhor — ele seguiu falando, agora virado para Nigel. — É muito diferente a *minina*. Se a mãe tivesse aqui, não duvide o senhor que ela fazia Sissy botar tudo pra fora. Mas, infelizmente, senhor, a patroa não está até sábado e eu não vou dizer que tenho o mesmo jeito com criança. Ô, Sis, sai daí, sai.

Ele ficou mexendo a perna, incomodado, mas a garotinha recusava-se a soltar.

— Sissy — disse Nigel, sentindo-se tanto inadequado quando ridículo —, gostaria de uma moedinha?

Um olho perverso apareceu detrás de uma dobra da calça. Nigel mostrou um xelim e o ergueu com um ar dissimulado de êxtase.

— Olhe o que encontrei. — Ele deu um sorriso afetado.

Uma espécie de grunhido em falsete eclodiu da criança hostil.

— *Qué!* — ela disse.
— Continue assim — disse Alleyn. — Magnífico! Continue assim.
— Você gostaria dessa moedinha de um *penny*? — inquiriu Nigel, acocorando-se e segurando o xelim bem perto do rosto da criança.

Sissy tentou pegar a moeda de repente, e Nigel puxou a mão de volta.

— Isso num é *penny*! É *xilim* — disse Sissy, zombando de Nigel.

— É mesmo! — concordou Nigel. — Bem, veja só: eu lhe dou a moedinha se você contar a este gentil cavalheiro — ele disparou um olhar vingativo a Alleyn — o que você viu ontem no bosque.

Silêncio mortal.

— Ah! — bradou o inspetor de repente. — Encontrei uma prata também. Veja só!

Stimson mostrou sinais de entusiasmo.

— Vamo, *minina* — ele insistiu com a filha. — Fala, Sis. Conta pro senhor tudo dessa moça lá que tava chorando no bosque; eles te dão dois tostão. Conta, *minina*!

Sissy havia saído do esconderijo e estava sacudindo o corpo largo de um lado para o outro.

— Era uma moça grande? — perguntou Alleyn.
— Não! — relinchou Sissy.
— Era uma moça baixinha? — perguntou Nigel.
— Não!
— Bom, então, aproximadamente... — começou a dizer o inspetor, mas se conteve. — Ela estava sozinha?
— Eu vi a *mouça* — disse Sissy.
— Sim, sim. Excelente. Até aqui, ótimo. Então, essa moça estava sozinha? Sozinha, sozinha! — entoou Alleyn com uma voz suave e distante. — Sozinha, sozinha?

Sissy ficou encarando-o.

— Ela estava... sem ninguém, ninguém? — perguntou Nigel, tentando falar como bebê.

— Não! — respondeu Sissy.

— Havia mais alguém com a moça?

— *Xim*.

— Outra moça?

— Não. *Mouça* num vai no bosque com *otra mouça*.

Stimson deu uma risada vulgar.

— Ela é uma peça, né, senhor?

— Vamos — respondeu Alleyn, encrespado. — Estamos chegando lá. A moça estava com um moço?

Nigel teve que repetir a pergunta.

— *Xim* — admitiu Sissy.

— Que tipo de moço? — Alleyn retomou.

Sissy tentou pegar de novo o xelim de Nigel e não conseguiu. Deu um grito abrupto e violento.

— Era um moço grande? — questionou Nigel, tomando distância da menina.

— Mim dá *xilim* — Sissy berrou. — *Xim!* Mim dá *xilim*!

— Não — disse Nigel. — Se você não se comportar, eu não dou.

A garota deu um grito penetrante e jogou-se com a cara no chão, onde continuou berrando e dando pontapés.

— Agora acabou — disse Stimson, lamentando-se.

— O que vocês estão fazendo com esse pobre bebê! — berrou uma voz indignada. Era Angela, que vinha correndo pela trilha. Em um instante ela estava se ajoelhando no chão e segurando Sissy nos braços. A criança se prendeu ao pescoço de Angela e enterrou o rostinho sujo na blusa da moça.

— Tira esses *homi* ruim! — chorava ela. — E mim dá os *xilim*!

— Minha queridinha — falou Angela, cantarolando. — Por que estão provocando a menina? — perguntou a Nigel e Alleyn, feroz.

— Não fizemos nada — disse Nigel, contrariado. — Fizemos, Stimson?

— O senhor não queria isso, não, senhor. É assim, moça. A Sissy viu uma moça e um senhor no bosque, e a moça tava chorando e esse senhor quer saber o que deu. E aí a Sissy ficou azeda com a gente, moça.

— Não é à toa — disse Angela. — Me deem aqui as moedas que vocês estavam usando para atormentar a pobrezinha.

Alleyn e Nigel entregaram os xelins.

— Pronto, minha linda! — sussurrou Angela. — Não vamos contar nada para eles. Vai ser o nosso segredo. Você cochicha no meu ouvido como eram esses velhos bobos no bosque. Não precisa nos esperar, Stimson. Depois eu a levo na sua choupana.

— Tá bem, moça — disse Stimson, que se retirou.

Sissy parecia estar soprando no ouvido de Angela, exaltada.

— Uma moça com um chapéu vermelho bonito — cochichou Angela. — Pobrezinha! Eu acho que um bichinho mordeu ela, não é? Era um moço grande?

Alleyn havia puxado a caderneta. Sissy estava soprando o cabelo de Angela com força.

— Era um moço engraçado — informou Angela. — Por que ele era engraçado? Só era. Você viu outra moça naquela tarde, não viu? O que ela estava fazendo, querida? Só andando. Pronto, pronto! Que segredo bonito! E agora todo mundo pode ir para casa.

— Eu tenho um segredo lindo também — disse o detetive-inspetor Alleyn, para espanto de todos.

Sissy, que havia se desprendido de Angela, se virou para ele com olhos marejados. De repente o inspetor se acocorou ao lado dela e torceu o rosto de modo que uma sobrancelha, fina e escura, subiu até a testa. Sissy riu. A sobrancelha voltou ao normal.

— Mais! — disse Sissy.

— Só faço de novo se você me cochichar mais sobre o moço que viu no bosque — disse Alleyn.

Sissy veio bamboleante pela trilha e botou uma mãozinha gorda e suja no rosto do inspetor. Ele encolheu-se um tanto e sacudiu a cabeça. Sissy cochichou. A sobrancelha se ergueu.

— Pronto! É assim que funciona — comentou Alleyn —, e só vamos saber se eu consigo fazer de novo se entrarmos no bosque.

Sissy olhou para Angela por cima do ombro.

— Eu vou no bosque — disse ela, concisa.

Alleyn levantou-se com a criança nos braços.

— Estamos dispensados, srta. North? — perguntou com educação.

— Com certeza, inspetor Alleyn — disse Angela, rígida.

O inspetor executou uma saudação de guarda com a mão livre e seguiu andando pelo caminho com os braços de Sissy entrelaçados amorosamente no pescoço dele.

— Que extraordinário! — disse Nigel.

— Nem um pouco — retorquiu Angela. — A criança tem noção, é só isso.

— Vamos jogar badminton?

— Por favor — respondeu a srta. North.

II

A primeira atitude de Alleyn ao voltar a Frantock depois da sessão com a srta. Stimson foi lavar as mãos com muito esmero no lavabo do andar de baixo. Depois, conferiu as anotações que havia feito durante o que chamou de a "inspeção de guarda-roupas" daquela manhã, leu um registro em referência a um chapéu vermelho e perguntou a Ethel se poderia conversar com a srta. Grant. Soube que o dr. Young estava atendendo-a no quarto dela.

— Vou aguardar o dr. Young — disse Alleyn, sentando-se no saguão.

Ele estava ali há pouco tempo quando Wilde entrou do jardim. O arqueólogo hesitou, como faziam todos ao ver o inspetor, e depois perguntou se Alleyn aguardava alguém.

— Na verdade estou esperando o dr. Young — disse Alleyn —, mas também queria ter com o sir Hubert. O senhor saberia onde ele está, sr. Wilde?

O arqueólogo alisou o cabelo para o sentido errado, um gesto que lhe era característico.

— Ele *estava...* ali — disse, apontando para a porta do gabinete.

— No gabinete?

— Sim.

— É mesmo? Então o perdi de vista, não sei como — comentou o inspetor, um tanto vago. — Quando ele entrou?

— Logo depois de levarem... Charles — respondeu Wilde. — Ainda deve estar ali. Gostaria que eu perguntasse a ele se pode atendê-lo, inspetor?

— Muito obrigado — disse Alleyn, agradecido.

Wilde abriu a porta do gabinete e olhou para dentro. Era evidente que Handesley estava lá, pois Wilde entrou e Alleyn ouviu as vozes deles. Aguardou alguns minutos e então Wilde ressurgiu. Alleyn achou que ele parecia levemente *chocado*.

— Ele já vem — disse, e depois de um aceno com a cabeça ao inspetor, subiu a escada.

Handesley saiu do gabinete. Ele tinha uma folha de bloco de anotações na mão.

— Ah, aí está o senhor, inspetor — disse. — Eu estava revendo alguns documentos que queria... — Ele hesitou e depois prosseguiu com uma deliberação dolorosa. — Era impossível, para mim, entrar naquele recinto enquanto o corpo do sr. Rankin estava ali.

— Entendo muito bem — respondeu Alleyn.

— Isto — prosseguiu Handesley, estendendo o papel — é o documento que mencionei pela manhã. O testamento que o sr. Rankin assinou ontem, legando o punhal a mim. O senhor falou que gostaria de ver.

— O senhor facilitou o meu trabalho, sir Hubert. Eu estava pensando em lhe pedir.

Ele pegou o documento e leu, impassível.

— Creio que — disse Handesley, que estava olhando para a porta da frente —, creio que, embora tenha sido preparado mais por troça do que outro motivo, constitua de fato um documento jurídico?

— Não sou advogado — respondeu Alleyn —, mas imagino que é adequado. Posso ficar com ele por enquanto?

— Sim, é claro. Depois eu posso reavê-lo, creio eu? Gostaria de guardar. — Ele fez uma pausa e complementou rápido. — Veja que foi a última coisa que ele escreveu.

— É claro — disse Alleyn, imperturbado.

O dr. Young apareceu e desceu a escada.

— Posso ver a sua paciente, dr. Young? — perguntou Alleyn.

O médico executou o que os livros infantis vitorianos chamavam de "cara séria".

— Ela não está muito bem — disse ele, incerto. — É necessário?

— Eu não o pediria se não fosse — reforçou Alleyn, mas em tom amistoso. — Não vou tomar muito tempo e tenho jeito com os adoentados.

— Ela está em um estado de nervosismo elevado. Preferia que fosse deixada a sós de momento... Mas, claro...

— É claro que o sr. Alleyn precisa falar com ela — interveio Handesley. — Não é hora para ataques de nervos, dr. Young.

— Bom, sir Hubert...

— A minha opinião está posta — disse Handesley, enfático. — Rosamund é uma jovem de fibra, não é comum ela ceder aos nervos. Quanto antes o inspetor encerrar os serviços, melhor para todos nós.

— Gostaria que todos pensassem assim — disse Alleyn. — Não levarei nem dez minutos, dr. Young. — E subiu a escada sem esperar que o doutor respondesse.

Em resposta à batida na porta, Rosamund Grant exclamou com a voz normalmente forte, profunda. Ele entrou e a encontrou deitada na cama. O rosto da moça estava de um branco pavoroso, e era como se houvessem lhe sugado toda a cor dos lábios. De todo modo, ela ficou à vontade quando viu quem era a visita e convidou-o a sentar-se.

— Obrigado — disse Alleyn, puxando uma pequena poltrona para se sentar entre a cama e a janela. — Sinto muito por vê-la de cama, srta. Grant, e sinto ainda mais por incomodá-la. Muitas vezes me perguntei quem tem o trabalho mais afrontoso: o detetive ou o jornalista.

— O senhor deveria trocar impressões com Nigel Bathgate — respondeu Rosamund Grant. E complementou, em tom cansado: — Não que ele esteja tentando conseguir matérias conosco. Suponho que até o jornalista mais ávido não tente encher colunas com o assassinato do primo, especialmente quando se é o herdeiro dele.

— O sr. Bathgate é a única pessoa nesta casa de quem afastei qualquer suspeita — disse Alleyn.

— É verdade — respondeu ela, áspera. — E eu encabeço a lista de suspeitos, inspetor?

Alleyn cruzou as pernas de novo e pareceu refletir sobre a pergunta. Houvesse uma terceira pessoa ao lado da cama de Rosamund Grant, ele poderia pensar como são estranhos e sigilosos os pensamentos do ser humano. É impossível ler que agonia atormentava a mente daquela mulher áspera e pálida. Era impossível encontrar entrada por trás do rosto sombrio do detetive e perscrutar os escaninhos do cérebro dele.

— Eu creio — disse ele enfim —, eu creio que foi imprudente da parte da senhorita tentar me enganar no julgamento encenado desta manhã. É o tipo de atitude que gera más impressões. É melhor a senhorita me dizer aonde foi após tomar banho na noite passada. Não foi ao seu quarto. Florence viu a senhorita voltando ao quarto de outro ponto no corredor. Srta. Grant, onde a senhorita estava?

— Não lhe ocorreu que... que poderia existir uma explicação perfeitamente natural e óbvia, e que me deixaria humilhada caso eu a declarasse durante o julgamento? — perguntou Rosamund.

— Oras, que absurdo — respondeu Alleyn, sem hesitar. — A senhorita não é do tipo que se recolhe à polidez vitoriana com uma acusação dessas em pauta. Não creio que seja. Diga-me onde a senhorita foi, srta. Grant. Não posso obrigá-la a responder, mas recomendo sinceramente que responda. — Silêncio. — Então me diga com quem foi caminhar na floresta, usando o seu chapéu vermelho e chorando tanto.

— Não posso contar — falou Rosamund, decisiva. — Não posso... não posso.

— Como quiser. — Foi como se Alleyn ficasse indiferente de um segundo para outro. — Antes que eu vá, talvez a senhora possa me dar mais informações sobre si? — Ele puxou a caderneta. — Há quanto tempo conhece o sr. Rankin?

— Seis anos.

— Uma longa amizade... a senhorita ainda nem era moça quando se conheceram.

— Eu estudava em Newnham; Charles tinha quase vinte anos a mais do que eu.

— Newnham? — perguntou Alleyn, com interesse cortês. — Então deve ter frequentado com uma prima minha: Christina Alleyn.

Rosamund Grant aguardou alguns segundos antes de responder.

— Sim. Sim, acho que me lembro dela.

— Hoje ela é uma farmacêutica plenamente habilitada e mora em um apartamento ultramoderno em Knightsbridge. Bom, vou ser açoitado vivo pelo dr. Young se ficar mais tempo aqui. — Ele levantou-se, parou ao lado da cama e disse: — Srta. Grant, siga o meu conselho: repense. Amanhã virei aqui. Tome a decisão de me contar aonde foi logo antes do sr. Rankin ser assassinado.

Ele foi andando até a porta e a abriu.

— Repense — repetiu, depois saiu.

Marjorie Wilde e o marido estavam parados no corredor.

— Como ela está? — perguntou a sra. Wilde de pronto. — Quero entrar e vê-la.

— Sinto dizer que não há esta opção. É absolutamente contra as ordens médicas — respondeu Alleyn de bom grado.

— Viu só, Marjorie — disse Wilde. — O que foi que eu lhe disse? Espere até falar com o dr. Young. Tenho certeza de que Rosamund não quer visitas.

— Você falou com ela! — disse a sra. Wilde a Alleyn. — Eu imagino que tenha sido pior do que qualquer outra visita.

— Marjorie, meu bem! — exclamou Wilde.

— Ah, quem não gosta de um policial? — ironizou Alleyn. — Ela ficou animada de me ver.

— Marjorie! — A voz de Angela chamou da escada.

A sra. Wilde passou os olhos do marido ao inspetor.

— Marjorie! — chamou Angela de novo.

— Estou indo! — respondeu a sra. Wilde de repente. — Estou indo! — Ela se virou e caminhou com pressa para a escada.

— Sinto muito pelo que ela disse — disse Wilde, com a expressão perturbada. — Ela não está bem e estava decidida a ver a srta. Grant. Que experiência terrível para uma mulher passar por tudo isso.

— É, de fato — concordou Alleyn. — O senhor vai descer, sr. Wilde?

Wilde olhou para a porta fechada.

— Sim, com certeza — disse, e eles desceram juntos.

Alleyn havia encerrado os assuntos em Frantock, por enquanto, mas ainda não se sentia no direito de encerrar o dia. A sua medida seguinte foi ir à delegacia de Little Frantock, onde fez um interurbano para Londres. Ele esperou um minuto e depois falou ao fone:

— Christina! É você! Que sorte! Veja só, você poderia me ajudar. É o seu primo policial e ele está em apuros, minha cara. Tire a cabeça dos fragmentos atômicos e do bicarbonato de sódio, faça ela retornar seis anos no passado e conte-me tudo... tudo que puder se lembrar de Rosamund Grant, que estudou com você em Newnham.

Uma voz minúscula estalou no receptor.

— Sim — disse Alleyn, puxando o lápis e endireitando o bloquinho de anotações ao lado do telefone —, sim...

A voz continuou estalando. Alleyn prolongou a chamada. Ele anotou ativamente e aos poucos uma expressão curiosa — ansiosa, duvidosa, de concentração intensa — tomou-lhe o rosto. Era uma expressão com a qual o povo da Scotland Yard estava acostumado.

9. A CENA NO JARDIM

— Caso não se importe — disse Nigel ao velho sr. Benningden —, vou acompanhá-lo até o portão de entrada.

— Será um prazer, meu camarada — respondeu o advogado, com a cordialidade de quem tem pressa.

Ele trancou o fecho da maleta, recolheu o pincenê, observou-o com cara séria, deu um rápido olhar a Nigel e pegou o casaco e o chapéu com Robert, que o aguardava.

— Venha comigo — disse, decidido, encaminhando-se à porta.

— Você sempre foi um indivíduo sonhador e sensível — disse sr. Benningden, enquanto caminhavam pela entrada da casa. — Lembro-me da sua mãe preocupadíssima com o seu futuro; mas eu a convenci de que os seus problemas de meninice seriam tão breves quanto foram aflitivos. Em breve você vai superar a antipatia ridícula e aceitar essa herança.

— É tudo tão brutal — disse Nigel. — Eu sei que não há como suspeitarem de mim, mas... não sei. Não é tanto isso, mas a ideia por trás. Beneficiar-se de um assassinato vil...

— Sir Hubert Handesley e o sr. Arthur Wilde também são legatários... Provavelmente pensam o mesmo a respeito do caso, mas é evidente que abordaram o assunto de modo mais sensato. Siga o exemplo deles, meu caro Nigel.

— Pois bem. Ficarei contentíssimo com o dinheiro, é claro.

— É claro, é claro. Não suponha que sou insensível à fragilidade da sua situação.

— Ah, Benny! — disse Nigel, metade afetuoso e metade irritado. — Por favor, pare de falar como o velho advogado da família. Oras, você é impossível!

— É mesmo? — disse o sr. Benningden em tom amigável. — É possível que tenha ficado automático.

Eles seguiram caminhando em silêncio até que Nigel perguntou, abruptamente, se o advogado sabia sobre algo na vida do primo que poderia lançar luz no assassinato.

— Não quero que você traia segredo algum, é claro — complementou depressa —, você não me daria atenção se eu estivesse atrás disso. Mas Charles tinha um inimigo? Ou inimigos?

— Eu venho me fazendo esta pergunta desde que o crime tenebroso ocorreu — respondeu o sr. Benningden. — Mas não consigo pensar em nada. As relações do seu primo com mulheres eram, digamos assim, de natureza um tanto efêmera, meu caro Nigel; mas assim são muitas das relações dos solteiros na idade que ele tinha. Até este aspecto da vida dele, assim eu esperava, ia estabilizar-se em breve. Ele veio a mim dois meses atrás e, depois de uma boa dose de circunlóquios, me levou a crer que estava pensando em matrimônio. Creio que eu possa chegar a ponto de dizer que ele fez uma ou duas perguntas sobre um acordo matrimonial e coisas do tipo.

— O diabo que ele perguntou disso! — exclamou Nigel. — Quem era a moça?

— Meu caro, eu *não* creio...

— Seria Rosamund Grant?

— Oras, Nigel... bom, em confidência, afinal, por que não? Sim, o nome da srta. Grant foi... hã... ele surgiu em conexão.

— Ele falou nisso recentemente?

— Eu me arrisquei a tratar do assunto há uma quinzena, quando ele me consultou quanto a renovar o aluguel da casa. A resposta que ele me deu, ao meu ver, foi estranha.

— O que ele disse?

O sr. Benningden sacudiu o guarda-chuva à frente do corpo como se estivesse apontando para a própria afirmação.

— Até onde me recordo, ele usou exatamente estas palavras: "Não tem como, Benny; me pegaram no ato e perdi a minha licença". Perguntei o que ele queria dizer com aquilo e ele riu, um riso que achei muito amargurado, e disse que o casamento com uma mulher que o entendia era suicídio emocional, uma expressão que tem a vantagem de soar bem e significar nada.

— Foi tudo?

— Eu o pressionei um pouco mais — disse o sr. Benningden, pouco à vontade — e ele falou que havia ganhado uma inimiga: uma mulher que ainda o amava. E falou algo mais sobre paixões de *grand-opera* e da preferência pelas comédias. Ele parecia muito azedo e, pensei eu, quase alarmado. O assunto ficou de lado e não o retomamos até ele estar de saída. Lembro que, quando apertou a minha mão, ele disse: "Adeus, Benny. Controle a sua curiosidade. Prometo me corrigir, mas, se acontecer, é porque estarei morto".

O sr. Benningden parou e encarou Nigel.

— Ele disse isso com uma expressão muito feliz e irresponsável — complementou o advogado. — Acaba de me ocorrer o quanto soa estranho, agora que ele faleceu. Ah, enfim, ouso dizer que não é de importância.

— Provavelmente não — concordou Nigel, com ar distraído. — Aqui ficam os portões, Benny. Me avise se houver algo que eu possa fazer.

— Sim, sim, claro. Vou encontrar-me com o detetive-inspetor Alleyn na delegacia. É um homem muito capaz, Nigel. Tenho certeza de que a morte do seu primo não ficará impune.

— Sinto dizer que neste aspecto eu também tenho um certo pendor pela *grand-opera*. A minha única esperança é de que Charles não tenha sido assassinado por um dos amigos dele. O velho mordomo, o russo... por que a polícia não toma uma atitude?

— Estou seguro de que estão fazendo bastante nesse sentido. — Foi a resposta seca do sr. Benningden. — Até mais, meu caro. Estarei presente para o inquérito, é claro. Até lá, despeço-me.

Nigel voltou caminhando para a mansão a passos lentos. A perspectiva de passar o resto da tarde dentro de casa não o atraía. O fim de semana de festa prolongava-se com uma individualidade póstuma temível. A natureza grotesca da amizade forçada entre os hóspedes estava começando a forçar os nervos de todos. Nigel estava ciente das desconfianças estranhas e horrendas que funcionavam como fermento nas mentes deles. Frantock estava envenenada. Ele ansiava por fugir de lá e, com esta ideia nos fundos da mente, desviou da casa e seguiu andando por um caminho lateral em direção ao bosque. Ele não havia tomado muita distância quando uma curva no caminho revelou um banco verde e, sentada nele, curiosamente aconchegada, a silhueta de Rosamund Grant.

Nigel não a havia visto muitas vezes desde a tragédia. Assim que a inspeção oficial dos quartos acabou, Angela e o dr. Young a haviam levado para o andar de cima e, desde então, até onde Nigel sabia, lá ela havia ficado. Naquele momento, ela ergueu a cabeça e o percebeu. Sentindo que não poderia dar meia-volta e ciente do terrível comedimento que se estabelecera entre ele e os demais, o jornalista seguiu até Rosamund Grant e fez uma inquirição convencional sobre a saúde dela.

— Melhor? — disse ela com a voz funda e um tom enfraquecido. — Ah, sim, estou melhor, obrigada. Vou me juntar à nossa comitiva no saguão a tempo do inquérito sobre o assassinato do seu primo.

— Não faça isso!

Ela inclinou-se para trás, impaciente, e perguntou:

— Cometi alguma gafe? Vocês eliminaram o assunto do assassinato? Angela e eu conversamos a respeito. Ou melhor, Angela fala e eu escuto. Uma pessoa muito peculiar, a Angela. — Nigel não respondeu. Ela ficou olhando-o fixamente. — No que está pensando? Você acha que eu o matei?

— Todos aqui se perguntam um sobre o outro, o dia inteiro e metade das noites — disse Nigel, um tanto bruto.

— Eu não.

— Você tem sorte.

— Só quero saber o que aquele tal de Alleyn está fazendo, o que ele está armando com esse emaranhado de informações, a que conclusão exata e horrível ele vai chegar. Dizem que a Scotland Yard nunca se engana quanto às inferências, mas, às vezes, não consegue chegar a resultados. Você acredita?

— A única informação que eu tenho se baseia em contos de detetive — disse Nigel.

— Assim como a minha. — Rosamund riu sem fazer som, encolhendo os ombros magros. — E hoje em dia deixam os homens da Scotland Yard tão naturalistas que chegam a ser incríveis. Este tal de Alleyn, com a presença distinta dele, voz sofisticada e tudo o mais, é do tipo eduardiano. Ele me repreende com tamanha *haute noblesse* que chega a ser uma honra sofrer essa tortura. Ah, meu Deus, meu Deus, queria que Charles não tivesse morrido!

Nigel ficou em silêncio. Passado um instante, ela voltou a falar:

— Há uma semana... Não, há três dias eu pensei comigo, a sério, se é que me entende, que devia ficar contente se achasse que eu ia morrer. Agora... agora estou apavorada.

— Como assim? — irrompeu Nigel, e imediatamente se conteve. — Não... não me conte sem ter certeza de que vai preferir não ter contado.

— Posso lhe dizer o seguinte. Não é do detetive que tenho medo.

— Então por que não o procura e abre o seu peito quanto ao que quer que seja?

— O quê? E trair a mim mesma?

— Não estou entendendo — disse Nigel, severo. — Por que não pode contar a Alleyn o que fez depois que subiu? Nada pode ser mais perigoso do que o silêncio.

— Suponha que eu diga que fui procurar Charles?

— Foi? Por qual motivo?

— Tem alguém chegando — disse ela, prontamente.

Ouviu-se de fato o som de passos lentos atrás das árvores. Rosamund se levantou enquanto Marjorie Wilde fazia a curva na trilha.

Ela vestia um capote preto, mas sem chapéu. Quando os viu, ficou estática.

— Ah... olá — disse ela. — Não sabia que os dois estavam aí. Está melhor, Rosamund?

— Sim, obrigada — respondeu Rosamund, olhando para ela. Um silêncio pesado abateu-se sobre todos. A sra. Wilde, de repente, pediu um cigarro a Nigel.

— Estávamos tendo uma conversa muito aconchegante sobre o assassinato — disse Rosamund. — Quem você acha que o cometeu?

A sra. Wilde levou a mão à bochecha, os lábios dela se abriram, mostrando uma fileira de dentes cerrados. A voz, geralmente esganiçada, saiu de um fôlego fundo.

— Eu não entendo... como você fala desse jeito... como você consegue falar desse assunto?

— Você está fazendo o papel da mulher chocada — disse Rosamund. — Eu imagino que você sente mesmo esse choque, mas não da maneira que quer nos transmitir.

— Típico de você! — exclamou a sra. Wilde. — Típico de você falar e falar, só essas tiradas espertas que fazem você se sentir superior. Estou cansada de esperteza!

— Estamos todos cansados uns dos outros — disse Nigel, em desespero. — Mas, pelo amor do divino, não precisamos falar assim com tanta frequência. Quando se diz as coisas, elas viram verdade.

— Não me interessa a frequência com que eu repito quem foi — respondeu a sra. Wilde de imediato. — É óbvio. Foi Vassili. Estava furioso com Charles por ter aquele punhal. Nunca gostou de Charles. Ele fugiu. Por que não o capturam e liberam todos nós?

— Eu vou subir — anunciou Rosamund de repente. — O dr. Young vem às 16h30 para seguir com a cura para os efeitos subsequentes do assassinato. "A receita de sempre." — Ela foi embora com pressa, como se estivesse fugindo de algo.

— Viu Arthur por aí? — perguntou a sra. Wilde.

— Eu creio que ele entrou — respondeu Nigel.

— Eu acho *mesmo* que os homens são extraordinários. — Aquela era evidentemente uma frase pronta da sra. Wilde. — Parece que Arthur não percebe como me sinto a esse respeito. Me deixa sozinha por horas enquanto ele e Hubert leem toda a história da política russa. É muito egoísta da parte dele. E de que adianta?

— Pode ter impacto significativo no caso — disse Nigel.

— Eu devia ter imaginado... ah, ali está. — Ela se interrompeu.

O marido havia saído na varanda e estava andando para lá e para cá, bem devagar, enquanto fumava um cigarro. Ela correu na direção dele.

— Pobre Arthur — murmurou Nigel consigo.

Ele seguiu andando, passando pelo caminho que dava uma volta larga, pegando desde a entrada dos pomares até os fundos da casa. O odor agradável e acre de folhas queimando pairava no ar.

Passando o muro do pomar, onde o bosque se espalhava de maneira irregular em uma fronteira cerrada, uma espiral estreita de fumaça azul tremulava e se espalhava em tufinhos. Ele foi andando naquela direção, pelo lado externo dos pomares. Ao fazer a curva do muro, viu que alguém estava à sua frente. A silhueta era inconfundível: o dr. Tokareff, apressado pela pequena trilha, prestes a entrar na mata cerrada.

De maneira impulsiva, Nigel recuou por um pequeno acesso no muro. Naquele momento considerava-se incapaz de ouvir mais das dissertações acaloradas do russo sobre a infâmia nos métodos policiais ingleses e pensou que daria tempo para o homem tomar distância. Foi só depois de mais ou menos um minuto se passar que Nigel começou a se perguntar o que Tokareff estaria fazendo. Havia algo de esquisito na conduta dele, uma postura que parecia um pouco furtiva; e o que ele estava carregando? Rindo um pouco consigo, Nigel decidiu-se por esperar até o russo voltar. Ele pulou por cima do portão trancado e acomodou-se de costas para os tijolos aquecidos pelo sol no muro do pomar. Havia uma maçã franzida na grama seca onde ele se sentou. Ele mordeu a polpa macia. O gosto era farinhento e doce, mas um doce estragado.

Ele deve ter esperado ali por dez minutos e estava começando a se cansar quando ouviu de novo o passo firme e leve. Recuando para o muro, teve um vislumbre momentâneo de Tokareff correndo pela trilha. Ele não carregava nada.

— Isso vai ser como tirar doce de criança — disse Nigel a si mesmo, e esperou mais dois minutos. Depois tomou a trilha que levava à mata.

Ele não havia se distanciado tanto quando chegou à fonte da fumaça azul. Uma pequena fogueira, tal qual os jardineiros fazem com o matagal e folhas úmidas, crepitava em uma clareira. Nigel foi analisar de perto. Parecia que alguém havia remexido ali, e agora o cheiro estava menos agradável. Ele puxou a camada superior de lixo em chamas de lado e, ali, finalmente, havia um naco denso de papéis encrespados, já queimado pela metade.

— Eita! — exclamou Nigel, pegando uma página do fogo e analisando-a, animado.

Ela estava coberta de marcações a caneta e nanquim, que ele se sentiu justificado em pensar que seria russo. Ele inspirou fundo e ficou imediatamente sufocado pela fumaça. Ofegante, balbuciante e queimando os dedos, ele puxou o resto dos documentos e começou a sapatear em cima. Os olhos escorriam e ele teve um acesso de tosse.

— Gosta de dança da guerra, sr. Bathgate? — disse uma voz do outro lado da fumaça.

— Minha nossa senhora! — exclamou Nigel, arfante, e sentou-se sobre o troféu.

O inspetor Alleyn se curvou sobre ele em meio à fumaça.

— Duas mentes, mas de pensamento único — disse ele, educadamente. — Eu mesmo ia tentar o resgate.

Nigel ficou sem fala, mas saiu de cima dos papéis.

Alleyn os pegou e começou a examinar.

— São meus conhecidos — disse —, mas creio que desta vez vou ficar com eles. Muito obrigado, sr. Bathgate.

10. PELO PRETO

Para os hóspedes em Frantock, era como se os dias antes do inquérito tivessem fugido da dimensão do tempo e adentrado a eternidade.

Alleyn recusou a proposta de sir Hubert de ocupar um quarto e acreditava-se que estava hospedado no Frantock Arms, no vilarejo. Ele aparecia em horas e locais variados, sempre com um ar de ligeira preocupação, invariavelmente cortês, absolutamente arredio. O dr. Young informou que Rosamund Grant estava sofrendo de um abalo nervoso grave e que ficaria no quarto. A sra. Wilde estava rabugenta e propensa à histeria. Arthur Wilde passava a maior parte do tempo respondendo às perguntas, ouvindo as reclamações dela e fazendo pequenas lides para ela. Tokareff fazia todos ficarem loucos com admoestações veementes e deixava Angela incomodada de verdade quando começou a mostrar uma propensão a declamar trechos românticos de ópera para ela.

— É evidente que ele é um louco — ela disse a Nigel na biblioteca, na quarta-feira de manhã. — Imagine só! Flertando comigo quando uma acusação de assassinato paira sobre nossas cabeças!

— Todos os russos me parecem um pouco lelés da cuca — retorquiu Nigel. — Veja só Vassili. Você acha que foi ele?

— Tenho certeza de que não foi. Os criados disseram que ele estava sempre entrando e saindo da despensa, e Roberts, o outro homem entre os criados, disse que estava falando com Vassili lá dentro dois minutos antes de o gongo soar.

— Então por que ele deu no pé?

— Nervosismo, eu diria — disse Angela, pensativa. — Tio Hubert diz que todos os russos da idade e classe de Vassili têm terror da polícia.

— Todos os outros acham que foi ele. — Nigel arriscou-se a dizer.

— Sim, e Marjorie repete isso quarenta vezes por dia. Minha nossa, como estou de pavio curto!

— Você é uma... uma maravilha — completou Nigel, nervoso.

— Você não comece! — disse a srta. North, enigmática. Ela ficou em silêncio por um instante, e de repente explodiu. — Ah, pobre do Charles! Meu pobre Charles... é horrível me sentir grata por terem levado o corpo dele. Ficávamos tão tristes quando ele ia embora... — E, pela primeira vez desde a tragédia, ela teve um acesso descontrolado de choro.

Nigel ansiava por colocar os braços ao redor dela, mas manteve-se ao seu lado, balbuciando:

— Angela, querida. Por favor, Angela...

Ela estendeu a mão a ele, tateante, e ele a pegou e a massageou entre as suas. Uma voz soou do saguão. Angela pôs-se de pé e saiu com pressa.

Ao segui-la, Nigel esbarrou com Alleyn no saguão.

— Só um segundo — disse o detetive. — Queria falar com o senhor. Entre na biblioteca.

Nigel hesitou, depois o seguiu.

— Qual é o problema com a srta. North? — perguntou Alleyn.

— Qual é o problema com todos nós? — rebateu Nigel. — É coisa de deixar qualquer um maluco.

— Uma pena, no que lhe diz respeito! — comentou Alleyn, sarcástico. — O que você diria de ser detetive, o emprego mais vil dessa terra?

— Eu não me importaria de trocar com você.

— Ah, não se importaria! Bom, já que tem tanta vontade, você pode ter uma provinha. Todo investigador deveria andar com um mentecapto manso para se sentir mais inteligente. Eu lhe ofereço o cargo, sr. Bathgate. Sem remuneração, mas com uma porcentagem de honra e glória.

— O senhor é muito gentil — disse Nigel, que nunca sabia qual era a sua relação com Alleyn. — Devo concluir que eu fui descartado da lista de suspeitos?

— Ah, sim, sim — resmungou o detetive, cansado. — Você está fora. Ethel, a Inteligente, falou com você um segundo antes de as luzes se apagarem.

— Quem é Ethel, a Inteligente?

— A segunda empregada.

— Ah, sim — exclamou Nigel. — Eu lembro. Ela estava lá quando as luzes se apagaram. Eu havia esquecido.

— Bom, que rapaz esperto você é. Uma moça bonita lhe firma um álibi e você a esquece completamente.

— Creio que o sr. e a sra. Wilde também estão a salvo, então?

— Fale com Florence, a Perspicaz. Mas não deixe de falar, sim? Vamos dar uma caminhada até o portão?

— Se o senhor assim quiser. Um cavalheiro de impermeável estará ali fingindo que estuda as plantas nas grades de ferro.

— Um dos meus asseclas. Deixe estar, uma caminhada vai lhe fazer bem.

Nigel consentiu, e eles saíram ao sol irrisório.

— Sr. Bathgate — disse Alleyn, em voz baixa —, cada pessoa nesta mansão está escondendo alguma coisa de mim. Você também, sabia?

— O que quer dizer com isso?
— Exatamente o que eu disse. Veja bem, serei franco. Esse assassinato foi cometido por alguém de dentro da casa. Roberts mandou trancar a porta da frente às 18h30, o que parece ser um hábito regular. Seja como for, choveu antes das seis, o clima ficou bom até as oito e depois houve uma geada forte. Os livros policiais hão de lhe dizer que, nessas condições, os jardins dos notáveis são um livro aberto para nós, investigadores. O assassino estava dentro da casa.
— E quanto a Vassili? Por que ele não foi capturado?
— Ele foi.
— O quê?!
— Sim, e depois foi solto. Conseguimos abafar o fato dos seus colegas de tabloide.
— Então está dizendo que não foi ele?
— Estou?
— E não está?
— Eu digo que todos, cada um de vocês, estão escondendo alguma coisa de mim.
Nigel ficou em silêncio.
— É um caso terrível — prosseguiu Alleyn, depois de uma pausa —, mas acredite quando eu digo que não fará bem, não fará bem algum, me deixar no escuro. Veja, sr. Bathgate, que o senhor é um péssimo ator. Eu o vi observando a sra. Wilde e a srta. Grant. Tem algo ali que ainda não veio à tona e creio que o senhor saiba o que é.
— Eu... Ah, meu Deus, Alleyn, é tudo muito brutal. Enfim, se eu sei alguma coisa, não soma dois tostões.
— Perdoe-me, mas o senhor não sabe o quanto esses dois tostões podem comprar. O senhor já havia encontrado a sra. Wilde antes de vir aqui?
— Não.
— A srta. Grant?
— Uma vez, na casa do meu primo.

O JOGO DO ASSASSINO

— O seu primo já havia lhe falado de alguma das duas?
— Fora citá-las casualmente, nunca.
— Até que ponto havia ido o flerte dele com a sra. Wilde?
— Eu não sei... Quero dizer... Como o senhor sabe que...?
— Ele a teve nos braços na noite de sábado.

Nigel passava a sensação de quem não estava nada à vontade.

— Se ela foi ao quarto dele... — falou Alleyn, bruto.
— Não foi ao quarto — disse Nigel, que podia ter mordido a própria língua até cortar.
— Ah! Então aonde foi? Vamos, que agora eu o peguei de jeito. É melhor me contar tudo.
— Como você sabe que ele a teve nos braços?
— "'O senhor acabou de me contar', disse o grande detetive calmamente" — citou Alleyn. — Eu sei porque o smoking dele estava significativamente manchado com a maquiagem que ela usa. Supostamente estava limpo quando ele chegou, e ele não havia trocado na noite em que foi assassinado. Portanto, foi no sábado à noite. Estou certo?
— Creio que sim.
— Deve ter sido antes do jantar. Quando você tocou a Mannlicher na sala de armas?
— Ah, inferno! — disse Nigel. — Vou confessar tudo.

Ele fez um relato o mais esparso que lhe era possível quanto ao diálogo entre Rankin e a sra. Wilde. Quando tinha encerrado, eles já haviam atravessado a pequena ponte na mata e estavam à vista dos portões.

— O senhor está me contando que — disse Alleyn —, depois de ouvir Rankin e a sra. Wilde saírem do recinto e que o senhor mesmo entrou em seguida, alguém desligou as luzes. Não teria sido o próprio Rankin que voltou para apagar a luz?
— Não — disse Nigel. — Eu o ouvi fechar a porta e sair. Não, foi alguém que ficou parado na outra ponta da sala de

estar... passando o "ângulo" da sala, entende? Alguém que, assim como eu, havia ouvido às escondidas.

— Teve alguma impressão quanto a essa pessoa?

— Como eu teria?

— É possível. Do sexo, por exemplo.

— Eu... por favor, não atribua nenhuma significância a isso... eu senti que... não sei dizer por quê... que era uma mulher.

— E aqui estamos, nos portões. O sr. Alfred Bliss, o homem do impermeável, está, como vê, muito interessado em uma cabine telefônica da Associação Automobilística que se vê ao longe. Não vamos atrapalhá-lo. Meu caro rapaz, vamos embarcar em uma pequena errância.

— Pelo Senhor, como assim? Uma errância?

— Nunca leu *Eyes and No Eyes*? Vou incrementar o seu afiado cérebro jornalístico. Venha.

Ele dobrou na entrada para o bosque, com Nigel ao encalço. Eles seguiram o parco indício de trilha que abria caminho pela grama densa.

— Eu descobri esta trilha ontem mesmo — disse Alleyn. — Com base nas informações que recebi, como dizemos nos tribunais, vim aqui para fazer uma investigação genuína. Alguém passou por este caminho entre 16h30 e 18h da segunda-feira. Espero descobrir alguma coisa a respeito da identidade dessas pessoas. Fique de olho aberto, sim?

Nigel tentou pensar em coisas que deveria estar procurando, e só chegou a pensar em pegadas e gravetos partidos. Alleyn caminhava muito devagar, olhando ao redor e para o chão a cada passo. O chão estava fofo e bastante seco. O bosque tinha um cheiro delicioso, primitivo, terroso. A trilha redobrava e se torcia. Alleyn virava a cabeça para lá e para cá, fazia pausas, acocorava-se, esquadrinhava o chão entre os pés, endireitava-se e aos poucos seguia à frente.

Nigel ficou olhando a série complexa de desenhos deixados pelo verde que se enveredava no verde e se esqueceu de procurar outras coisas. Ele se perguntou quem teria andado por aquela trilha antes deles, quem haveria bagunçado as folhas, de quem era à cabeça que ficara com a silhueta escura contra os desenhos da mata, que presença havia deixado a mínima impressão que Alleyn buscava de maneira tão assídua.

De repente eles estavam caminhando na direção de uma cerca de ferro alta e Nigel percebeu que haviam chegado à beira do bosque, onde Frantock encontrava a rodovia.

— *Finis!* — disse Alleyn. — Fim da trilha. Viu alguma coisa?

— Infelizmente não.

— Não há muito o que se ver. Agora olhe aqui. Veja estas decorações de ferro na cerca. Estão desbotadas, manchadas, não estão? Um tipo de vegetação rala conseguiu se fixar aqui. É fácil de arrancar, porém. Consegue passar a mão entre os ferros?

— Eu não.

— Tampouco eu. Alguém conseguiu, na segunda-feira. Veja só: uma mão pequena.

Ele encostou o rosto na grade e olhou de perto. Depois, cautelosamente, passou os dedos pelo caule da planta, segurando um lenço abaixo para pegar os fragmentos mínimos que caíram. Estes, por sua vez, ele analisou.

— Pelo preto — ele disse. — Eu *acho* que é pelo preto.

— Holmes, meu caro, mas isto é sobrenatural — murmurou Nigel.

— Holmes não era de todo trouxa, no fim das contas — respondeu Alleyn. — Da minha parte, acho aqueles contos espertíssimos.

— Se você diz. Se me permite a pergunta, o senhor esperava encontrar pelo preto na cerca?

— Eu não esperava... mas ajudam, é claro.
— Pelo amor de Deus, Alleyn! — explodiu Nigel. — Diga-me um pouco mais ou não diga nada. Sinto muito, mas estou bastante interessado.
— Meu camarada, também sinto muito. Eu lhe garanto que não faço mistério por vaidade ou para incomodar. Se eu lhe contasse tudo, cada detalhe das provas, cada investigação que considero adequada, o senhor viria a suspeitar, tal como eu suspeitei, de cada pessoa naquela mansão. Posso lhe contar o seguinte: na segunda-feira, no fim da tarde, uma pessoa cuja identidade estou ansioso para firmar veio até esta cerca e, sem ser vista pelo policial de impermeável nos portões, jogou uma carta, selada e endereçada, para a rua que passa aqui. Ela foi pega por um ciclista de passagem, que a levou na agência postal do vilarejo.
— Como você conseguiu farejar tudo isso?
— Que frase bem feia! Eu não farejei nada. O ciclista, ao invés de colocar a carta na caixa do correio, entregou-a sobre o balcão com uma breve explicação de onde a havia encontrado. A jovem dos cestos responsável pelos correios de Vossa Majestade em Little Frantock demonstrou ser de uma inteligência surpreendente. Eu, é claro, havia pedido a ela para reter todas as cartas saídas de Frantock e, ao identificar a localidade, ela achou que havia algo ali e a manteve. A carta não estava em um envelope de Frantock.
— Então está com o senhor?
— Sim, eu lhe mostrarei quando voltarmos.
— Ela revela algo?
— De momento, o contrário. Mas espero que, indiretamente, revele. Venha.
Eles seguiram caminho pelo bosque, voltando em silêncio a Frantock. Nigel fez apenas um comentário:
— Amanhã, neste horário, o inquérito terá acabado.
— Supostamente. Ou pode ser postergado.

— Agradeço aos céus, de qualquer modo; pelo menos poderemos ir para casa.

Eles subiram os degraus da porta de entrada.

— Entre no gabinete por um instante — convidou Alleyn.

O gabinete havia sido preparado como um espaço privado para o inspetor. Ele destrancou a porta e Nigel o seguiu adentro.

— Acenda a lareira, sim? — pediu. — Ficaremos algum tempo.

Nigel acendeu a lareira e o cachimbo, depois acomodou-se na poltrona.

— Eis a carta — disse Alleyn. Do bolso do peito, ele puxou um envelope branco e o entregou a Nigel. — Posso lhe dizer que não havia impressões digitais; é claro, no momento tenho fotos de todas as digitais de vocês.

— Ah, é claro — disse Nigel, um tanto sem expressão.

O envelope trazia um endereço datilografado:

SRTA. SANDILANDS
AGÊNCIA DA RUA SHAMPERWORTH
DULWICH

O que estava dentro também era datilografado; o papel verde era o que sir Hubert usava e distribuía pelos quartos. Nigel leu em voz alta:

— "Favor destruir este pacote em C. Tunbridge imediatamente e não contar a ninguém."

Não havia assinatura.

— O envelope — disse Alleyn — não nos diz nada... Veio de um pacote esquisito de papelaria branca na escrivaninha da biblioteca.

— E a máquina?

— Corresponde à da biblioteca, da qual também não se extraiu digitais à exceção das da servente, e algumas muito apagadas e antigas que sir Hubert deixou. Esta carta foi datilografada por uma pessoa sem experiência. Há vários erros, como o senhor pode ver.

— Já localizou a destinatária... Srta. Sandilands?

— Ontem um agente do Departamento de Investigação Criminal foi até a agência postal da rua Shamperworth. Uma atendente recordou-se de uma mulher que telefonou pela manhã, perguntando se havia cartas para a srta. Sandilands. Não havia, e ela não apareceu desde então.

— Ela pode ir de novo.

— É certo que sim, mas eu não quero esperar.

— O que propõe? Correr por toda Tunbridge em busca de um pacote?

— Vejo que está de humor jovial. Não, eu proponho trabalhar daqui e, com ajuda dos meus restinhos de pelo preto, não será difícil.

— E o pelo?

Alleyn tirou do bolso a inevitável caderneta, um tanto insignificante, comprada na Woolworth.

— Conheça o meu cérebro — disse ele. — Sem ele, não sou nada.

Ele virou as folhas com pressa, resmungando consigo.

— Criadagem. Detalhes dos personagens. Hobbies. Aqui estamos: roupas. Roupas. Bathgate, Grant, Grant. Vestiam no momento do incidente: não. Gaveteiro, seda rosa: não. No guarda-roupa, mais provável. Casaco de couro vermelho, estola de arganaz marrom, casaco e saia de tweed verde e marrom. Chapéu vermelho. Humm... não temos nada.

— O senhor foi muito diligente — disse Nigel.

— A minha memória é muito ruim.

— Não se faça de modesto.

— Cale-se. Detestei as suas chinelas e sei que usa emplastro para os calos. Handesley. Serventes. North. Veremos.

— O senhor está perdendo tempo fazendo lista das roupas íntimas de Angela — disse Nigel, acalorado.

— Não fique brabo comigo... Eu não me encanto com o que faço. Aqui não temos nada. Rankin. Tokareff... *ele* teria um casaco de peles? Sim, ele tem, como o de um agente teatral; ainda assim, as luvas são tamanho oito. Vou tentar de novo. Wilde. Arthur, sr. e sra. — Ele parou de resmungar e um olhar curiosamente vazio repentinamente mascarou o rosto dele.

— Então? — perguntou Nigel.

Alleyn lhe entregou a caderneta. Nela, escrita com uma mão direita incrivelmente pequena, Nigel leu:

— "Wilde. Sra. Marjorie. Idade aproximada: 32 anos. Altura aproximada: um metro e sessenta."

Seguia-se uma descrição detalhada de Marjorie Wilde, na qual até o tamanho das luvas era observado. Depois: "Guarda-roupa. No armário suspenso, casaco e saia de tweed Harris, sobretudo xadrez. Capa de chuva azul da Burberry. Sobretudo preto de astracã, gola e punhos de pelo preto".

— Gola e punhos de pelo preto — repetiu Nigel em voz alta. — Meu Deus!

— Tamanho das luvas: seis e um quarto — disse Alleyn, e pegou o livro. — Onde a sra. Wilde está no momento, Bathgate?

— Ela *estava* na biblioteca.

— Veja se ainda está, depois volte e me conte.

Nigel levou três minutos.

— Estão todos lá — disse. — Está quase na hora do chá.

— Então suba depois de mim e caminhe bem devagar até a sua porta. Caso veja alguém chegando, use o banheiro para entrar no quarto de vestir de Wilde e me avise. Eu estarei no quarto da sra. Wilde.

Ele saiu rápido, e Nigel o seguiu a tempo de vê-lo correndo, como um gato, escada acima. Quando chegou ao patamar, o inspetor havia desaparecido.

Nigel foi caminhando até a própria porta e fez uma pausa, pegando a caixa de cigarros e tateando os bolsos em busca de fósforos. O coração estava acelerado. Ele estava parado ali há horas ou há segundos quando ouviu passos leves vindo do corredor? Acendeu um fósforo quando Florence apareceu, saiu andando pela própria porta e depois entrou em disparada no banheiro.

— Alleyn! — sussurrou, insistente. — Alleyn! — Então parou, pasmo.

Arthur Wilde estava lavando as mãos na pia.

11. UMA CONFISSÃO?

Nigel ficou tão perplexo que alguns segundo se passaram até ele perceber que Wilde estava igualmente transtornado. O rosto estava palidíssimo e ele ficou estático, as mãos caídas sem sentido na água com sabão.

— Eu... eu sinto muito. — Nigel finalmente gaguejou. — Achei que fosse Alleyn.

Wilde só conseguiu esboçar um sorriso descorado.

— Alleyn? Sim, isso eu entendi, Bathgate. Pode me contar se acha que Alleyn estava aqui ou... no quarto da minha esposa?

Nigel ficou em silêncio.

— Gostaria que pudesse encaminhar a minha resposta — disse Wilde, com a voz baixa. Ele tirou uma toalha da estante e começou a secar as mãos. De repente soltou a toalha no chão e sussurrou: — Meu Deus, como é horrível essa situação.

— Horrível! — ecoou Nigel, sem poder dizer mais.

— Bathgate — disse Wilde, com um acesso repentino de ardor —, você precisa me contar: esperava encontrar o inspetor aqui ou atrás daquela sala de vestir no quarto de Marjorie? Responda.

A porta do banheiro para o quarto de vestir estava bem aberta, mas a posterior estava trancada. Nigel olhou involuntariamente para a porta.

— Eu lhe garanto... — começou a dizer.

— Você é um péssimo mentiroso, Bathgate — disse uma voz de longe. A porta foi aberta e Alleyn passou por ela.

— O senhor tinha razão, sr. Wilde — disse ele. — Estou conduzindo uma pequena investigação no quarto da sua esposa. Foi o que fiz em todos os quartos, como sabe. É essencial.

— O senhor já havia analisado tudo — argumentou Wilde. — Por que precisa nos torturar desse modo? A minha esposa não tem nada, nada a esconder. Como ela poderia ter matado Rankin, ainda mais daquela maneira? Ela tem horror a facas, uma aversão a elas. Todos sabem que ela não consegue tocar em uma faca nem em qualquer tipo de lâmina. Oras, na exata noite do crime... Bathgate, você vai lembrar! Ela ficou febril só de olhar aquele punhal imundo. Estou lhe dizendo que é impossível. É impossível!

— Sr. Wilde, é exatamente o que estou tentando provar: que é impossível.

Algo que lembrava um ganido escapou do homenzinho.

— Acalme-se, Wilde — falou Nigel, envergonhado.

— E o senhor controle a sua língua! — berrou o arqueólogo. Involuntariamente, Nigel teve uma imagem mental do homem voltando-se contra um aluno indisciplinado ou impertinente. — Vou pedir que me perdoe, Bathgate — complementou de imediato. — Eu não estou no meu melhor momento. Não estou mesmo.

— É evidente que não — falou Nigel, rápido —, e lembre-se de que a sra. Wilde tem um álibi. Um álibi perfeito, de certo. Florence, a criada de Angela, e eu sabemos que ela estava no quarto. Não sabemos, Alleyn? — Ele voltou-se em desespero para o detetive. Alleyn não deu resposta.

Um silêncio pavoroso se firmou. E então, de súbito:

— Creio que o chá o aguarda, sr. Wilde — disse o inspetor. — Bathgate, posso ter uma palavrinha com o senhor lá embaixo, antes que eu vá embora?

Nigel o acompanhou até a porta do quarto e eles estavam prestes a sair quando uma exclamação de Wilde os deteve.

— Parem!

Os dois se viraram.

Wilde estava parado no meio do quarto com as mãos unidas e firmes. O rosto, levemente erguido, ainda estava na sombra porque a janela ficava às costas dele. Wilde falou sem pressa.

— Inspetor Alleyn — disse ele. — Decidi me confessar. Eu matei Rankin. Esperava que não fosse surgir a necessidade de admitir. Mas não posso mais aguentar a tensão... e agora... a minha esposa! Eu o matei.

Alleyn não disse nada. Ele e Wilde estavam olhando fixamente um para o outro. Nigel nunca havia visto um rosto de expressão tão vazia quanto o do detetive.

— Então? — A voz de Wilde estava histérica. — Não vai me dar a advertência de sempre? O clichê contumaz! Que tudo que eu disser será registrado e poderá ser usado como prova acusatória?

Nigel de repente ouviu-se dizer:

— É impossível... impossível... O senhor estava no banheiro, naquela banheira; eu falei com o senhor, eu sei que estava lá. Pelo bom Deus, Wilde, você não pode fazer uma coisa dessas... não pode nos dizer que... Quando... Como você teria...? — Ele parou, chocado com a inépcia das próprias palavras.

Alleyn, enfim, falou, em tom cortês:

— Sim. Quando foi que teria cometido o crime, sr. Wilde?

— Antes de subir. Quando eu estava sozinho com ele.

— E quanto a Mary, a criada que viu Rankin vivo depois que o senhor subiu?

— Ela... ela se enganou. Ela esqueceu que eu ainda estava lá.

— Então como o senhor conseguiu falar por esta porta com nosso sr. Bathgate? — Wilde não respondeu. — O senhor me disse que vocês estavam conversando entre si, continuamente, antes de as luzes se apagarem e enquanto estavam apagadas? — perguntou Alleyn, virando-se para Nigel.

— Estávamos.

— Ainda assim, sr. Wilde, o senhor desligou as luzes e depois se deu ao trabalho de soar o gongo, e assim alertar a casa inteira de que havia cometido um assassinato.

— Era o jogo. Eu... eu não queria matá-lo. Eu não percebi...

— Está me dizendo que, enquanto estava ocupado em conversa com o sr. Bathgate, no andar de cima, o senhor também estava no salão, onde, debaixo do nariz de uma servente que não notou, o senhor perfurou o sr. Rankin com um punhal afiadíssimo que já tivera tempo de analisar?

Silêncio.

— Então, sr. Wilde? — disse Alleyn, compadecido.

— O senhor não acredita em mim? — exclamou Wilde.

— Sinceramente, não. — Alleyn abriu a porta. — Mas o senhor está jogando um jogo perigosíssimo. Ficarei alguns minutos no gabinete, Bathgate.

Ele saiu do quarto e fechou a porta depois de passar. Wilde foi caminhando até a janela e apoiou-se na beirada. De repente, curvou a cabeça e enfiou o rosto no braço. Nigel pensou que nunca havia visto uma imagem tão trágica.

— Olhe só — disse, depressa. — O senhor está deixando os seus nervos levarem a melhor. Tenho certeza de que ninguém suspeita da sua esposa. O próprio Alleyn sabe que é impossível. Nós três, o senhor, ela e eu, fomos eliminados dos suspeitos à primeira vista. O senhor contou uma mentira corajosa, mas muito tola. Recomponha-se e esqueça. — Ele deu um tapinha no ombro de Wilde e deixou o quarto.

Alleyn o aguardava no andar de baixo.

— Eu juntei a minha coragem e perguntei à srta. Angela se nós três poderíamos tomar chá aqui — disse o inspetor. — Ela mesma vai trazer, pois achei desnecessário incomodar os criados.

— Sério? — Nigel ficou se perguntando o que estava por vir. — Que incidente extraordinário esse de agora.

— Muito.

— Imagino que não seja incomum pessoas muito tensas fazerem esse tipo de coisa... eu mesmo já fiz.

— Fez mesmo. Mas Wilde tinha motivo melhor, o pobre diabo.

— Eu o admiro pelo que fez.

— Assim como eu, enormemente.

— Mas a esposa dele é claramente inocente, não é? — Alleyn não respondeu. — Veja o álibi que ela tem.

— Sim — disse Alleyn —, estou olhando. É um belo álibi, não é?

Angela entrou com o chá.

— Então, sr. Alleyn — disse ela, deixando a bandeja em um banco diante da lareira —, o que está fazendo agora?

— Sente-se, srta. Angela, e sirva-nos o chá, se não for incômodo. Forte e sem leite para mim. Conhece uma pessoa chamada Sandilands?

Angela fez uma pausa com a xícara na mão.

— Sandilands? N-não, creio que não. Só um instante, porém. Está bem forte?

— Muito obrigado. Perfeito.

— Sandilands? — repetiu Angela, pensativa. — Sim, agora *lembrei*. Onde nos conhecemos...?

— Teria sido em...? — começou a dizer Nigel.

— Tome o seu chá e fique calado — recomendou Alleyn, curto e grosso.

Nigel o encarou e ficou em silêncio.

— Já sei — disse Angela. — Srta. Sandilands, uma senhora que é costureira. Às vezes ela presta serviços para Marjorie.

— Essa mesma — disse Alleyn, com vivacidade. — Ela trabalhou para eles em Tunbridge, não foi?

— Em Tunbridge? Os Wilde nunca estiveram em Tunbridge.

— Talvez a sra. Wilde passe por lá... visite... faça tratamento? Eu posso ter me confundido.

— Nunca ouvi falar — disse Angela, resoluta. — Marjorie não tem nada a ver com Tunbridge.

— Ah, enfim, deixe pra lá — retorquiu o inspetor. — A srta. Grant lhe disse onde foi enquanto a senhorita tomava banho no domingo à noite?

Angela olhou séria para ele e depois virou-se para Nigel.

— Ah, Nigel, o que ele está pensando?

— Nem ideia — disse Nigel, realmente no escuro.

— Por favor, srta. Angela? — insistiu Alleyn.

— Ela não me *contou*. Mas... ah, será que eu deveria dizer?

— Sim, deveria.

— Então... eu creio... Eu acho que sei aonde ela foi.

— Sim?

— Ao quarto de Charles!

— O que a faz pensar nessa possibilidade?

— Na manhã seguinte o senhor me pediu para trancar o quarto dele e para lhe dar a chave. Eu mesma fui trancar. Rosamund tem um par de chinelas para o banho... aquelas sem calcanhar, o senhor já viu...

— Sim, sim, com aquela penugem verde, marabu ou algo assim, em cima do peito do pé.

— Sim — concordou a assustada Angela. — Bom, a chave estava por dentro, então tive que entrar no quarto para pegar. Vi um tufo de penugem verde no tapete.

O JOGO DO ASSASSINO

— Madame! — disse Alleyn, em triunfo. — A senhorita é magnífica. E então pegou a penugem verde e...? Não jogou fora, jogou?

— Não, mas jogo se o senhor for usá-la contra Rosamund.

— Oras! Epa! Sem chantagens, por favor. A senhorita guardou porque achou que iria salvar a sua amiga. É isso?

— Sim.

— Bom. Então guarde. E agora me diga o seguinte. Como era a relação entre Rankin e a srta. Grant?

— Não posso discutir nada nesse sentido — disse Angela, fria.

— Minha cara criança, não é hora de botar banca para cima de mim. Eu valorizo os seus escrúpulos, mas eles de nada valem quando usados para encobrir um assassino ou para lançar suspeitas sobre uma pessoa inocente. Eu não pediria se não precisasse. Deixe-me dizer o que penso. Havia um entendimento entre Rankin e a srta. Grant. Ele queria que os dois se casassem. Ela se recusou porque ele tinha um relacionamento com outra mulher. Não estou certo?

— Sim, sinto dizer que está.

— Ela tinha afeição por ele?

— Tinha.

— Era o que eu queria saber. Ela sentia ciúme?

— Não, não! Ciúme, não, mas ela... ela tinha uma paixão muito forte.

Alleyn abriu a caderneta de novo e tirou um fragmento de mata-borrão, que entregou a Angela, dizendo:

— Pegue o seu espelhinho e leia.

Angela aquiesceu e depois passou o mata-borrão e espelho a Nigel. Ele leu sem dificuldade:

— "10 de outubro: Cara Joyce, sinto muito atrapalhar os seus p..."

— De quem é essa letra? — perguntou Alleyn.

— É de Rosamund — respondeu Angela.

— Foi escrito após as 19h30 do sábado, na escrivaninha da passagem entre a sala de estar e a biblioteca — comentou o inspetor, que olhou para Nigel. — Às 19h30, a magnânima Ethel havia arrumado a escrivaninha e deixado o mata-borrão fresco. No domingo de manhã, ao perceber as manchas neste papel, ela virou para baixo e colocou uma folha nova por cima.

— Então o senhor imagina que...? — Nigel começou a pergunta.

— Eu não imagino; detetives não têm permissão para imaginar. Eles percebem probabilidades. Sou firmemente da opinião de que a srta. Grant ouviu, com o senhor, o diálogo entre a sra. Wilde e Rankin. Foi ela quem apagou as luzes e saiu rápido da sala de estar, antes do senhor.

— Estou perdida — reclamou Angela.

Nigel lhe contou rapidamente da conversa que havia ouvido na sala de armas. Angela ficou alguns minutos em silêncio. Então se voltou para Alleyn e disse, de um modo singularmente pedante:

— Há um fator neste caso que me desconcerta acima de todos.

— A minha erudita amiga poderia apresentar qual é? — perguntou Alleyn em tom solene.

— É o que estou prestes a fazer. Por que... oras, por que o assassino soou o gongo? Entendo por que teria apagado as luzes. Ele sabia que, ao fazê-lo, pelas regras do Jogo do Assassino, se garantia dois minutos de folga para fugir. Mas por que... oras, por que ele soou o gongo?

— Para manter a ilusão do jogo? — especulou Nigel.

— Me parece incongruente, de certo modo... tomar uma medida de proclamação como esta. As trevas seriam bem-vindas, sim, mas começar este clamor... me parece... tão insensato, psicologicamente falando.

— O argumento da minha erudita amiga está bem colocado — disse Alleyn. — Mas eu lhes proponho que o assassino ou assassina não soou o gongo.

— Então — Nigel e Angela falaram juntos —, quem foi?

— Rankin.

— O quê?! — berraram.

— Rankin soou o gongo.

— De que diabos você está falando? — exclamou Nigel.

— Não vou entregar todos os meus truques, mas este é tão simples que vocês mesmos poderiam ter enxergado. — Nigel e Angela apenas ficaram se olhando, sem expressão.

— Bom, não enxergamos — disse Nigel, categórico.

— Talvez mais tarde lhes ocorra — comentou o detetive. — Enquanto isso, quem sabe uma passadinha em Londres hoje à noite?

— Londres... para quê?

— Ouvi dizer que a senhorita, srta. Angela, é o que há de mais veloz em uma pista. E quando uso a expressão "mais veloz", eu a utilizo no sentido literal, não no figurado. Poderia, sem explicar a sua movimentação aos demais, conduzir este jovem adorno da imprensa até Londres no seu Bentley e fazer um servicinho para mim? Vou tratar com o seu tio a respeito.

— Agora... esta noite? — questionou Angela.

— Está escurecendo. Creio que podem sair em meia hora. Vocês *precisam* estar de volta quando começar a amanhecer, amanhã cedo, mas espero que voltem muito antes da alvorada. Pensando melhor, creio que vou acompanhá-los.

Ele olhou, aparentemente com certo deleite, para o rosto dos outros dois, que não estavam ostensivamente contentes.

— Vou dormir no banco de trás — complementou, absorto. — Tive muitas noites de pouco sono.

— Você vem, Nigel? — perguntou Angela.

— Claro que vou. O que faremos quando chegarmos lá?

— Se me derem o prazer de jantarem comigo, eu me explicarei. Agora, só mais uma pergunta: vocês ouviram a história do sr. Rankin a respeito de como ele veio a tomar posse do punhal com o qual foi assassinado. Algum de vocês consegue se lembrar de um detalhe, qualquer que seja, no que Rankin disse que ajudaria a descrever o homem que lhe deu o punhal?

— O *que* Charles disse, Nigel? — perguntou Angela após uma pausa.

Alleyn atravessou o recinto até a janela e parou nas cortinas fechadas. Ele parecia especialmente atento.

— Ele nos contou — disse Nigel, pensativo — que um russo que havia conhecido na Suíça lhe deu o punhal. Disse que havia sido enviado para ele. Foi em troca de um serviço que Charles lhe prestou.

— E qual teria sido o serviço? — Alleyn saiu da janela.

— Acho que teve a ver com tirá-lo de uma fissura no gelo.

— Só isso?

— Não consigo me lembrar de mais nada. E você, Angela?

— Estou tentando pensar — resmungou ela.

— Vocês entenderam que eles viraram amigos? Rankin descreveu o homem?

— Não — disse Nigel.

— N-não, mas ele disse *outra coisa* — afirmou Angela.

— O que poderia ter sido? Pense. Seria algo a respeito do acidente que levou a este incidente? Algum deles saiu ferido? O quê?!

Angela proferiu uma pequena exclamação:

— Já sei! O russo perdeu dois dedos que ficaram congelados.

— Então foi isso, inferno! — exclamou Alleyn. — Ah, inferno!

— Isso tem alguma relevância? — perguntou Nigel.

— É extremamente importante — falou Alleyn, elevando bastante a voz. — Conecta a prova russa de forma bem considerável. Deixe-me explicar exatamente o que quero dizer quando falo em prova russa. — Enquanto estava falando, o detetive se levantou e ficou de frente para os outros dois, com as costas para as janelas acortinadas. A luz da luminária banhava a sua cabeça morena e os ombros largos com intensidade. Ele falou com ênfase: — Quero lhes contar que, no sábado à noite, um polaco foi assassinado no Soho. Ele foi identificado pela mão esquerda.

Alleyn lentamente ergueu o próprio braço esquerdo sob a luminária e esticou o dedão, indicador e dedinho da mão. Os dois dedos do meio, ele dobrou sobre a palma.

Por questão de dois segundos, Nigel e Angela ficaram olhando para ele em silêncio. Então perceberam que ele estava sussurrando com urgência, a mão ainda levantada.

— Bathgate! — cochichou ele. — Tokareff está do lado de fora nos observando. Em um minuto eu vou me virar e partir para a janela francesa. Sigam-me e ajudem-me a agarrá-lo pelo colarinho. A senhorita, srta. Angela, saia pela porta como se nada houvesse acontecido e não fale com ninguém. Vista-se rápido, com o primeiro casaco que encontrar, e nos espere no Bentley. — Então, em voz alta e baixando o braço quando Angela saiu do quarto, ele complementou: — Agora que estamos sozinhos, Bathgate, deixe-me dizer exatamente o que eu sei daqueles russos...

Ele deu um rodopio e estava na janela antes de Nigel se pôr de pé. A cortina foi puxada com força; Alleyn abriu a porta.

— Maldição! — disse. — Venha!

Ouviu-se um estrondo de vidro quebrando e o vento gelado encheu o recinto aquecido. Alleyn partiu janela afora, com Nigel ao seu encalço.

12. UMA PRISÃO E UMA VIAGEM NOTURNA

Do lado de fora, na varanda congelada, dois homens travavam uma luta amarga e silenciosa. A luminária claudicante, derrubada pelas cortinas esvoaçadas, ondulava sobre eles. Nigel teve um rápido vislumbre do rosto de Tokareff, de óculos, estranhamente passivo. Ele se jogou contra o russo, atacando-o por baixo, e acabou ele mesmo derrubado, batendo o rosto contra as pedras geladas e com cheiro de inverno. Um instante depois ele viu Alleyn cambalear para trás e, enquanto ele mesmo tentava ficar de pé, tomou consciência do vulto que se diluía no escuro.

— Atrás dele! — resmungou Alleyn. Um assobio agudo rompeu o ar noturno.

Nigel estava correndo sobre o gramado, pouco se importando com o ar gelado que lhe assaltava os olhos e os lábios. *O bosque!*, ele pensou. *Ele não pode chegar ao bosque.* Nigel ouvia o ritmo surdo dos pés do russo na relva suave. Com uma dificuldade severa, apertou o passo, correu com toda velocidade e deu um mergulho, fazendo o fugitivo invisível cair com ele.

Agora sim, pensou Nigel, prendendo o pulso e o braço do outro contra as costas. *Peguei.*

— Peguei! — ecoou a voz de Alleyn, vinda das trevas. Em um instante, o detetive estava ajoelhado ao lado dele, e um lampião-farol anunciava a chegada acelerada do guarda Bunce.

Tokareff proferiu um som curto, ofegante, uma espécie de grunhido.

— Então — disse Alleyn —, me dê a lanterna.

Um facho de luz brilhou. Tokareff estava deitado de costas com Alleyn sentado sobre ele.

— Volte ao seu posto, Bunce, o mais rápido possível — ordenou o detetive, áspero. — Green ainda está lá?

— *Sissenhor* — respondeu Bunce de um fôlego só. — Ouvimos o seu apito.

— A srta. North, o sr. Bathgate e eu chegaremos ao Bentley em dez minutos. Mande abrirem os portões e não nos faça parar. Observe tudo mais como se fosse um gato. Agora mexa-se!

— *Sissenhor* — disse Bunce no escuro, e o farol sumiu.

— Então, dr. Tokareff. Há um revólver dos bons aconchegado aqui nas suas costelas. Creio que o senhor nos acompanhará em silêncio.

— *Prokliatie! Prokliatie!* — gaguejou a voz furiosa. Algo estalou.

— Sim, ouso dizer que é. Agora levante-se.

Os três ficaram um olhando para o outro nas trevas às quais os olhos já haviam se acostumado.

— Acho que ele não carrega nenhuma arma letal — disse Alleyn —, mas dê uma olhada, sim, Bathgate? Dr. Tokareff, o senhor considere-se preso. Nada aqui no bolso nem em lugar algum? Tem certeza? Ótimo. Agora vamos por aqui. Maldição, tarde demais! Aí vem o clamor do público. Ah, enfim. Que venha.

O som das vozes ecoava da casa. Havia dois vultos em silhueta contra o calor desalinhado das janelas do gabinete.

— Alleyn! Bathgate! — chamou sir Hubert.

— Aqui estamos! — respondeu Alleyn. — Não há nada.

— *Orras, non* há nada! — berrou o russo, repentinamente articulado. — Pois eu discordo veemente. Eu estou preso. Sou inocente desta assassinato! Sir Hubert! Sr. Úilde!

— Venha — disse Alleyn, e ele e Nigel empurraram o prisioneiro até a mansão.

Handesley e Wilde os encontraram no poço de luz em frente às janelas.

— Um pequeno toque russo — explicou Alleyn. — Algemas à meia-noite. Uma casa longe de casa para o doutor.

— Dr. Tokareff — disse sir Hubert. — Que situação...

— Tokareff! — falou Wilde baixinho a Nigel. — Tokareff, afinal de contas!

E Nigel ficou se perguntando se era um tom peculiar de alívio ou apenas de surpresa profunda que pesava na voz dele. O russo estava reclamando veementemente, suas mãos algemadas na frente do rosto. Nigel sentiu o desejo insano de dar uma risadinha.

— Sir Hubert — prosseguiu Alleyn perfeitamente, como se o russo não estivesse falando —, por favor, o senhor e o sr. Wilde devem voltar para dentro. Aí poderão explicar rapidamente aos outros o que aconteceu.

— O que vocês vão fazer?

— Ficaremos um tempo fora. Eu chamarei a srta. Angela para nos conduzir à delegacia local. Dr. Tokareff...

— Eu sou inocente! Pergunte ao campônio Vassili, o mordomo! Ele sabe... na noite do crime... eu preciso lhes contar.

— Devo alertá-lo — interrompeu-o Alleyn, e Nigel o viu dirigir um olhar hostil a Wilde — que tudo o que o senhor disser será registrado e pode ser usado como prova contra o senhor. Posteriormente, se assim quiser, o senhor pode fazer uma declaração. Agora, sir Hubert, e o senhor, sr. Wilde, por favor, entrem. Entrarei em contato *a posteriori*.

— Os outros voltaram-se para a casa em silêncio.

— Advogados! — rugiu Tokareff atrás deles. — Advogados! Juízes! Magistrados! Como chama? Eu preciso dos melhores.

— E assim terá. Bendito seja. Venha — disse Alleyn, enquanto os outros iam embora. — Venha, Bathgate. Vamos contornar a mansão até a garagem. E, dr. Tokareff, eu terei que insistir, chega de "A morte de Boris".

Ele os conduziu sem hesitar até os fundos, onde encontraram Angela em um Bentley levemente pulsante.

— Boa garota! — disse Alleyn, suave. — O dr. Tokareff virá conosco, como já viram. Pode entrar, doutor. Bathgate, você se senta na frente. Para a cadeia local, por favor, senhorita.

— Cáspite! — esbaforiu Angela, enquanto o Bentley triturava o cascalho da via de acesso.

— Cáspite mesmo! — concordou Nigel. — Tokareff está preso.

— Pelo assassinato?

— E pelo que mais?

— Mas... ele cantou "A morte de Boris" o tempo todo.

— Parece que não.

— Bom, aqui estamos — anunciou Angela depois de um intervalo indecorosamente curto. Ela diminuiu a velocidade e puxou os freios.

— Pode esperar por nós? — lhe pediu Alleyn. — Venha, dr. Tokareff.

Um sargento lhes mostrou uma sala bem iluminada, banhada em branco. Um policial alto de uniforme azul os recebeu.

— Inspetor Fisher... Sr. Bathgate — disse Alleyn, à guisa de apresentação. — Este é o dr. Tokareff. Estou acusando-o de...

Tokareff, que estava em silêncio total há algum tempo, interveio:

— Sou inocente de assassinato!

— Quem disse que não é? — rebateu Alleyn, cansado. — A acusação é de sedição e conspiração, se é esta a expressão correta. Eu sempre me engano, não é, Fisher? Este homem é acusado de cumplicidade em conexão com as operações de uma associação de russos que tem a sua base na rua Little Racquet, 101, no Soho. Ele é acusado de ordenar a publicação e circulação de certos panfletos que contêm declarações lesa-pátria e incitação ao tumulto e... ah, enfim, a acusação é esta.

— Certinho — disse o inspetor Fisher, passando a uma escrivaninha e colocando os óculos. — Então é isto.

Seguiu-se um breve colóquio entre os dois policiais, entremeado pelo riscar da caneta do inspetor. O sargento veio e disse em tom animado:

— Então, doutor, vamos passar à sala vizinha.

— Eu quero escrever, quero fazer uma proclamação — disse o dr. Tokareff de repente.

— O senhor terá várias oportunidades — tranquilizou-o Alleyn. — Oportunidades não faltarão, com certeza!

— É o *ponhal* — disse Tokareff, profundo. — A traição do *ponhal* que a mim foi a minha própria traição. O polaco, Krasinski, que o deu ao sr. Rankin, foi o autor de todos estes infortúnios.

— Krasinski morreu — disse Alleyn —, e havia cartas suas nos bolsos dele. Quem o matou?

— Como eu vou saber? Na confraria, ninguém sabe. Krasinski estava louco. Quero corresponder com o embaixador do meu país.

— E pode. Ele ficará encantado. Estamos de saída, Fisher. Eu telefono por volta da uma hora. Boa noite.

— Boa noite — resmungou Nigel, nada à vontade, e seguiu o detetive até o carro.

Angela não fez nada que prejudicasse a reputação de motorista furiosa naquele trajeto noturno a Londres. Alleyn recusou-se a conversar depois de dar um endereço na rua Coventry como destino, e adormeceu profundamente no banco de trás. Nigel encarava o perfil jovem e ansioso, enquanto ficava com os próprios pensamentos.

— Você acredita que o sr. Alleyn crê na culpa do dr. Tokareff? — perguntou ela.

— Não sei nada — respondeu Nigel. — Até onde eu consegui entender, Tokareff, talvez Vassili, o mordomo, e Krasinski, o polaco que Charles conheceu na Suíça, podem ser todos membros de uma gangue bolchevique. Krasinski, sabe Deus por quê, deu o punhal para Charles Rankin. Eu acho, a partir do que sir Hubert, Arthur Wilde e o próprio Tokareff disseram, que o punhal era uma arma simbólica da confraria, e abdicar-se dela significou uma quebra de confiança fatal. Assim, na noite de sábado, alguém assassinou Krasinski no Soho.

— E, no domingo, alguém assassinou Charles Rankin em Frantock — concluiu Angela, em voz baixa. — Você acha que Tokareff poderia ter saído correndo do quarto, corrido até o alto da escada, jogado o punhal, corrido de volta e seguido cantando alegremente "A morte de Boris"?

— Dificilmente. E quem teria apagado as luzes? — objetou Nigel.

— E o que o sr. Alleyn quis dizer quando falou que o próprio Charles soou o gongo? — encerrou Angela, totalmente perdida.

— Nem consigo imaginar, mas fico contente que ele esteja dormindo. Angela, se eu beijasse o pelo na sua gola, você se importaria?

— Estamos a quase cem por hora e vamos passar disso logo. Acha que é hora de galanteio?

— Pode ser a minha morte — disse Nigel —, mas vou me arriscar.

— Isso não foi o pelo da minha gola.

— Querida!

— Que horas são? — perguntou Alleyn, de repente, do banco de trás.

— Chegaremos em vinte minutos — falou Angela, e foi fiel ao que disse.

No alto de uma das peculiares ruas sem saída afluentes da rua Coventry, onde o Bentley parecia do tamanho de um caminhão, Alleyn encaixou uma chave em uma porta verde.

— Vocês vão descobrir que já conhecem o meu criado — disse ele, olhando por cima do ombro.

E, como prometido, no pequeno saguão, aguardando-os, estava uma figura idosa, apologética, recurvada e nervosa.

— Vassili! — Angela berrou.

— Srta. Angela, minha senhorita! *Dushitchka!* — O velho russo estava cobrindo a mão dela de beijos.

— Ah, Vassili! — falou Angela com gentileza. — O que você tem a ver com isso? Por que fugiu?

— Eu estava em pânico. Com um pavor horrível. Imagine, senhorita, o que iriam pensar? Eu disse a mim mesmo: a polícia vai descobrir tudo. Vão interrogar Alexis Andreievitch, o dr. Tokareff, e talvez ele diga que eu também fiz parte da confraria, há muito tempo, no meu país. Ele vai repetir o que eu disse: que o sr. Rankin não deveria estar com o pequeno punhal sagrado, abençoado pela *bratsvo*, a confraria. A polícia inglesa, ela sabe de tudo, e talvez já sabe que eu recebi cartas da confraria em Londres. Será inútil eu dizer que eu não mais, como se diz, me misturo com essa gente. Já sou suspeito. Então, antes da polícia vir, eu corro e sou preso aqui em Londres, e para Scotland Yard eu fiz a minha declaração na hora e para o inspetor Alleyn, quando ele vem me ver no domingo, então eles me liberam e eu fico aqui. É magnífico!

— Ele se comportou como um burro velho — disse Alleyn. — Recebeu a minha mensagem, Vassili?

— Sim, é claro. E o jantar já está nos esperando, assim como os "coqueteles".

— Então deixe a srta. Angela empoar o nariz no quarto de hóspedes enquanto o sr. Bathgate e eu limpamos a grama dos ouvidos na ala oeste.

Alleyn ainda estava envolvido naquela tarefa quando Nigel, surgindo de um pequeno quarto de vestir, encontrou Angela no gabinete extremamente confortável do inspetor.

— Diga-me uma coisa — falou ela com um sussurro cativante —, detetives-inspetores-chefes costumam convidar os parentes e amigos da vítima a jantar no seu apartamento? E eles invariavelmente contratam mordomos desaparecidos para serem os seus criados assim que se livram da prisão?

— Talvez seja Como As Coisas São na Scotland Yard — respondeu Nigel. — Embora eu tenha que dizer que ele não se conforma à minha imagem mental de um velho sabujo. A minha impressão era a de que eles viviam sozinhos em meio a linóleos marchetados, liliáceas e fotos do contingente policial.

— E que tomavam uma xícara de chá bem forte às 6h30, sem o paletó. Enfim, vaias para nós, dois esnobes.

— De qualquer forma — disse Nigel —, eu acho que ele não é ortodoxo. Deve ser um cavalheiro com recursos próprios que se envolve em investigações pelo prazer de investigar.

— Desculpem fazê-los aguardar — disse Alleyn, da porta. — Peguem um dos "coqueteles" de Vassili e vamos jantar.

Vassili, presunçoso e sorridente, abriu as portas de correr, e o inspetor os conduziu à sala de jantar. O jantar foi uma pequena cerimônia muito agradável. Depois que Vassili trouxe o café, deixou um decantador na frente do inspetor e retirou-se, Alleyn consultou o relógio de pulso e disse:

— Podemos conversar por quinze minutos e depois quero que vocês me façam um servicinho. Talvez eu deva explicar que só posso conversar por quinze minutos, pois eu gostaria, se não lhes incomodar, de repassar o histórico deste caso. Seria de enorme auxílio, creio eu, conversar com alguém que não seja do Departamento de Investigação Criminal. Controle a petulância, Bathgate. Não espero que você vá resolver o mistério; apenas quero que me diga como sou inteligente, acredite você nisso ou não.

— Certo — disse Nigel, dócil.

Alleyn lhe deu um sorriso amigável, acendeu um cigarro e, com ares um tanto quanto didáticos, iniciou o seu *précis*:

— Vou voltar aos termos oficiais. Pois percebi que lhes impressiona. Rankin foi apunhalado pelas costas às 19h55. Foi o horário, conforme o seu relógio, em que o gongo soou, e o seu relógio estava sincronizado com o de Mary, que disse a Wilde que eram 19h50 quando ele subiu. Ela o viu subir a escada. Você conversou com Wilde quando ele entrou no banheiro e durante o período que se seguiu; assim restam quatro minutos em que Rankin estava a sós até a ocorrência do assassinato... menos, porque Mary não foi embora de imediato. Ele foi apunhalado pelas costas, seja por alguém com mais de um metro e oitenta ou por alguém que estava em uma posição elevada. Ao cair, ele atingiu o gongo com a cabeça.

— Ah! — Angela e Nigel exclamaram juntos.

— Sim, de fato. Vocês nem perceberam. Na Yard isso é coisa de bebê, eu lhes garanto. Havia uma levíssima abrasão na cabeça e tenho quase certeza de que foi provocada assim. Vocês todos descreveram o som como uma nota única, um tanto abafada, ressoante. "Crânios e latão em combinação musical", concluí comigo. Terem movido o corpo certamente foi errado, o que me deixou muito irritado, mas foi assim que reconstituí a cena. Rankin estava curvado, servindo um drinque, o coitado! A coqueteleira estava ao lado dele, no chão, e o copo virado. A srta. Grant percebeu esses detalhes. O assassino... não vou me dar ao trabalho de acrescentar "ou assassina" o tempo todo. O assassino desligou as luzes, usando uma luva ou algo enrolado na mão. Depois saiu correndo. Para onde? Por motivos com os quais não vou lhes incomodar, acho que subiu a escada.

"Então, nesse exato momento, onde estavam todos? Dos criados já temos a prestação de contas, até daquele bode velho do Vassili, que estava a sós no quartinho dos fundos. Você, Bathgate, estava no seu quarto. Uma servente o viu quando o gongo soou e tenho outros ótimos motivos para acreditar nas suas provas. Sir Hubert disse que estava no quarto de vestir. A senhorita o viu, srta. Angela, quando buscou a aspirina, e tinha acabado de voltar ao quarto da srta. Grant quando o alarme soou. Sir Hubert é um homem bastante ativo para a idade, mas não teria como descer a escada nesse pequeno espaço de tempo, por mais ligeiro que fosse. Talvez a senhorita conseguisse, mas, no seu caso, srta. Angela, temos a falta absoluta de motivação, e eu a excluí das possibilidades. Dessa vez a senhorita não será *cause célèbre*."

— Que gentil — resmungou Nigel.

— Além disso, Florence a viu no corredor. "Salvos pelas criadas" é a legenda no que diz respeito a vocês dois. A srta. Grant subiu, tomou banho, foi ao quarto de Rankin, voltou, encontrou Florence no próprio quarto. Srta. Grant, no relato dela, propositalmente excluiu a visita ao quarto de Rankin, mas, a não ser que tenha subornado Florence para contar uma mentirinha, a escapada dela, por mais que não a poupe de ficar definitivamente sob suspeita, lhe deixa em tempo muito curto para chegar ao andar de baixo, retirar o punhal da parede, apunhalar e voltar. Nossa garota esperta estudou medicina na universidade. Queria ser médica. Por favor não me interrompam.

"Tokareff estava cantando no quarto, e Florence me diz que o ouviu. Assim como sir Hubert. Eles são da impressão de que ele estava interpretando os foles de 'A morte de Boris' sem cessar até que o gongo soou. Essas impressões não são completamente dignas de confiança. Ele pode ter parado por quatro minutos sem que algum deles lembre.

"A sra. Wilde, cujo quarto fica na ponta da escada, era a que estava mais próxima da vítima. Você, Nigel, disse que a ouviu falando depois que as luzes se apagaram. Há outros fatos que ajudam a eliminá-la da lista de possibilidades, mas ela subsequentemente fez uma ou duas coisas que mostram que ela estava ansiosa para esconder certos aspectos da sua amizade com Rankin."

— É claro — arriscou-se a dizer Angela, em tom educado.

— O que é totalmente compreensível.

— Eu também acho, mas, de qualquer modo, esses aspectos precisam ser esclarecidos. É por isso que vocês vão me ajudar hoje à noite. Com Wilde já esgotamos tudo. Estamos cansados de Wilde. Ele tentou entregar-se pelo assassinato, mas a sua movimentação está descrita desde o instante em que deixou Rankin e subiu a escada à vista da criada até o gongo soar. Bathgate falava com ele o tempo todo, e Florence os ouviu. Havia impressões digitais perfeitas dele no banheiro et cetera, et cetera. Ele também deixou digitais no corrimão, apenas para dificultar.

"Por fim, temos o elemento melodramático russo. O seu tio escreveu vários ensaios excelentes a respeito de pontos distintivos e costumes desse país. Na minha opinião, o que há de mais verídico no que ele escreveu sobre os russos é que nenhum inglês tem como entendê-los. A ideia de uma confraria vilanesca secreta pertence a Merejkowski e aos colaboradores da Chums. A ideia de russos apunhalando ingleses porque alguém lhes deu um punhal sagrado que não devia é tão exuberante que um policial decoroso fica corado só de propor. Mas Krasinski, o polaco, foi assassinado por este motivo, Rankin era o homem a quem o punhal foi dado, e dois integrantes da associação estavam na casa quando isso aconteceu. Um já está preso por sedição, mas... maldito seja!... estava cantando enquanto o assassinato acontecia.

— Isto — falou Angela em tom brando — fecha um belíssimo álibi, não é?

— Talvez belo demais, há de se pensar — observou Alleyn, com alta estima. — Mulher sagaz, você roubou a bomba que eu tinha guardado. Mas ele estava cantando de fato, enfim, e... a não ser, como eu disse, que ele *tenha* feito uma pausa sem que tenham percebido a calmaria repentina, ou a não ser que ele seja um ventríloquo que projetou "A morte de Boris" para o andar de cima e cruzando o corredor dos fundos... ele só nos provoca e precisamos nos livrar. Bom, lá vamos nós mais uma vez. Deixem-me dizer por fim que não havia digitais no punhal nem na tira de couro de onde ele foi tirado, apenas as digitais de Bathgate no interruptor e uma barafunda de impressões de todos no corrimão. Falando no corrimão, srta. Angela, a senhorita já o usou como escorregador?

— Sim, com frequência — respondeu Angela, surpresa. — Fazemos competições, com o rosto na frente e sem usar as mãos.

— A senhorita fez isso no sábado, por acaso?

— Não.

— A senhorita consegue descer com o rosto virado para a frente? É complexo.

— Consigo. Marjorie, não, e o dr. Tokareff não tinha jeito quando tentamos, no fim de semana passado.

— Vejam só! — berrou Nigel de repente. — E quanto a Mary?

— Mistério resolvido — disse Alleyn. — Vamos ao cinema ou vocês preferem voltar imediatamente?

— Não zombe de mim — insistiu Nigel. — Mary foi a última a ver o meu primo. Pode ter sido ela. E o que ela estava fazendo na frente da casa? Ela é uma auxiliar. O lugar dela é nos fundos. Basta procurar a motivação.

— Vou procurar. Até lá, eu quero que a srta. Angela procure outra coisa. Ela vai à casa dos Wilde na rua Green. Quero que a senhorita, srta. Angela, entre e finja ser bem mais tolinha do que é.

— Imagino que você queira ser gentil — disse Angela. — Por quem pergunto, com o meu jeito tolinho?

— Pergunte a quem chegar à porta, seja empregada ou mordomo, se sabe onde está Sandilands. Diga que veio a Londres em cima da hora e que a sra. Wilde pediu para a senhorita passar lá.

— Mas olhe aqui... — Angela começou a retrucar, rebelde.

— Não adianta levantar escrúpulos de mocinha escolar — interrompeu Alleyn. — Ao cumprir este serviço, a senhorita vai ajudar a eliminar a suspeita sobre uma pessoa inocente. Se ela for, como a senhorita acredita, inocente de fato. Então?

— Prossiga, por favor.

— A senhorita precisa dizer que está confusa e que não consegue se lembrar da mensagem, mas era algo que a sra. Wilde queria, e acha que Sandilands, a costureira, está com esta coisa ou sabe onde está. Pode dizer... sim, creio que é melhor dizer... que é uma carta ou cartas. Trabalhe esses miolinhos.

— Revoltante — falou Angela em voz baixa.

— Seja vaga e estilosa e "gentil com os criados", tudo ao mesmo tempo. Fale alguma coisa sobre Tunbridge e pergunte se podem ajudar.

— Sobre Tunbridge?

Alleyn lhe contou da carta interceptada. Para surpresa dele, Angela estourou de rir.

— Ah, meu coitadinho! — suspirou Angela, de modo irritante. — E o senhor achava que teria que ir até Tunbridge e ficar todo sujinho de laminha?

— Srta. Angela — disse Alleyn —, não é apropriado que a senhorita se dirija deste modo a um agente da lei que conhece há tão pouco tempo. Devo confessar que Tunbridge tem sido uma complicação. Fiz várias sindicâncias. Os Wilde, até onde pude localizar, não conhecem ninguém em Tunbridge, e a senhorita me disse que nunca estiveram lá. A carta dizia: "Destruir pacote em C. Tunbridge". O que ou quem seria este "C."? Confesso que o grande detetive está aturdido.

— Você vai me matar. — Angela lhe garantiu. — O senhor entende alguma coisa de marcenaria ou de *objets d'art* vitorianos?

— Não os coleciono.

— Bom, farei o serviço pelo senhor... hoje.

— Como assim?

— Não tenho a mínima intenção de lhe contar — respondeu Angela.

13. O ELEMENTO RUSSO

Seguiu-se um breve silêncio, interrompido por Angela, que perguntou:
— Nigel vai comigo à casa dos Wilde?
— Caso a senhorita não se importe... não. Tenho serviço para ele aqui. Nós dois vamos entrar no carro com a senhorita. Vassili vai nos levar à porta e abandonaremos o carro assim que estiver longe da vista da casa. Há uma oficina a duzentos metros, subindo a rua. Pode estacionar o Bentley ali e pegar um táxi até os Wilde? Quando pegar o pacote e divertir-se com esse assunto de Tunbridge, seja o que for, por favor volte. Estou confiando na senhorita. Onde poderíamos nos encontrar...? No Hungaria. Eu reservo uma mesa. Aguarde-nos lá. Se importa?
— Claro que não — assegurou Angela. — O que vocês vão fazer?
— Sinceramente, não há tempo para lhe explicar, e vai ter que me permitir o meu quê de oficialismo.

Alleyn soou a sineta e Vassili apareceu. O inspetor lhe disse que ia voltar a Frantock e passaria dois dias fora. Eles vestiram os casacos e chapéus e três minutos depois estavam olhando de novo para a silhueta do velho mordomo fazendo uma mesura no umbral iluminado.

Angela saiu do beco com o carro e entrou na rua Coventry, parando em frente à oficina que Alleyn havia sugerido. Ele e Nigel desceram.

— *Au revoir* — disse Alleyn, inclinando-se pela janela de motorista. — Se não estivermos no Hungaria à meia-noite, telefone para este número e peça pelo inspetor Boys. Diga o código anotado no cartão, explique quem é e peça para ele fazer uma batida no meu apartamento.

— É sério?

— É sério. Boa caçada.

— Até logo, querida — berrou Nigel, impudente.

Ele e Alleyn voltaram caminhando ao apartamento. Alleyn falou com pressa:

— Ouça com atenção, Bathgate. Pegue um táxi para o número 128 da rua Little Pryde e, lá, peça para falar com o sr. Sumiloff. Ele está trabalhando comigo no aspecto russo do caso e aguarda uma chamada. Diga que pedi para você lhe transmitir este recado e que ele deve telefonar para a minha casa e falar com Vassili em russo. Ele deve dizer que a base não é segura, mas Kuprin sugere um encontro imediato do comitê na minha casa. Se Vassili hesitar, ele deve dizer que eu fui avistado e que parti no Bentley rumo a Frantock. Ele deve instruir Vassili e imediatamente depois convocar o comitê por telefone. Ele deve reforçar o fato de que a minha casa é o ponto de encontro mais improvável e, portanto, o mais seguro. Ele deve sugerir uma senha, e todos que chegarem ao apartamento devem usá-la antes de ter a entrada autorizada. Sumiloff deve instruir que Vassili organize tudo para o encontro. Vou repassar o que disse. Tem lápis e papel? Ótimo. Faz escrita taquigráfica? Oras, que espertinho, não? Então anote o nome: Sumiloff. — Alleyn repassou as instruções mais uma vez.

— Anotado — disse Nigel.

— Sumiloff, em seguida, deve ir ao apartamento, onde poderá entrar ao dizer a senha. Ele deve dizer que Kuprin foi preso pelo assassinato de Krasinski, o polaco, e pediu a ele para ir ao encontro no lugar dele. Ele deve inventar uma lorota para se resguardar. Diga-lhe para garantir que Yansen vá à reunião. Yansen não fala russo, apenas sueco e inglês. É importante que ele esteja lá. Anote. Isso mesmo. Agora pode ir.

— Um momento, Alleyn — disse Nigel. — Eu entendi que Vassili *está* envolvido até o talo, no fim das contas.

— Ele está em comunicação direta e constante com a confraria, mas não quero que ele pense que eu suspeito dessa ligação. Tenho a impressão de que ele está ansioso para sair, mas não ousa dizer. Achei melhor não lhe dar estas instruções no apartamento. A sua postura é muito eloquente, Bathgate.

— Aonde eu vou quando a festa estiver armada?

— Você? Ao Hungaria, onde pode informar a srta. Angela quanto à situação. Em primeiro lugar, porém, aguarde com Sumiloff enquanto ele telefona para Vassili. Se Vassili aceitar a recepção do comitê, aí você mesmo liga... não, espere um pouco, não vai dar certo. Sim, vai, sim. Diga que quer o telefone de Frantock e que pedi para você me telefonar quando estiver lá hoje à noite. Depois volte e reserve uma mesa para três no Hungaria e nos espere. Até mais. Você vai gostar de Sumiloff. É um camarada encantador. Aqui está o seu táxi.

Alleyn estendeu a bengala e um táxi parou no meio-fio.

— Nos vemos em Filipos — disse ele alegremente.

— Rua Little Pryde, número 128 — disse Nigel ao taxista.

Quando ele abriu a porta e entrou no carro, Alleyn já havia sumido.

— Maldição! — falou Nigel consigo. — Eu não faço a menor ideia do que *ele* vai fazer.

O sr. Sumiloff estava em casa e recebeu Nigel. Era um russo de cabelos claros e esbelto que falava inglês perfeito.

— Encantado em recebê-lo — ele disse a Nigel. — Alleyn me pediu para estar a postos para um serviço hoje à noite e mencionou o seu nome. Este assassinato tenebroso deve ter sido um grande choque, tanto quanto uma perda. Mas, por favor, quais são as nossas instruções? Permita-me lhe servir um drinque.

Nigel apresentou as anotações e repetiu o ditado, com cuidado.

— Entendi. Uma reunião do comitê no apartamento de Alleyn. Que ideia excelente! Vassili deve recebê-los e eu devo convocá-los: Yansen, os três russos, mas não Kuprin, que está preso. Eu serei o amigo que representa Kuprin. Vai ser um pouco difícil, mas acho que eu sei como lidar. Aliás, Kuprin está preso?

— Não faço ideia. Quem é Kuprin?

— Ele é o líder, o cabeça da organização em Londres. Não tenho dúvida de que ele matou Krasinski. A Scotland Yard está observando a confraria há dois anos, assim como eu estou, para o meu amigo Alleyn, e consegui me imiscuir entre os dirigentes.

Nigel lhe contou da prisão de Tokareff.

— O senhor acha que Tokareff matou o meu primo, sr. Sumiloff?

— Eu creio... creio que seja possível — disse Sumiloff, puxando o telefone para si. Ele discou um número e aguardou.

— Agora, Vassili Ivanovitch — ele murmurou, e depois: — Olá, é do apartamento do sr. Alleyn? É o empregado do sr. Alleyn que fala? Ah... — Então se seguiu um discurso estrepitoso e espalhafatoso em russo, com longas pausas durante as quais o minúsculo espectro da voz de Vassili soava pelo fone. Por fim, Sumiloff desligou.

— Está tudo bem até agora — disse. — Vassili está nervoso, mas é obediente. Ele está evidentemente apavorado do comitê. Ele diz que Yansen sabe onde estão se escondendo hoje à noite. As salas no Soho são observadas pela polícia. Ele sugere que eu telefone para Yansen e lhe diga para buscar os outros. Podemos aprender muita coisa nesta reunião. Se foi Tokareff, é certo que vão discutir a situação dele. Sim... Alleyn preparou uma armadilha muito interessante.

Ele voltou-se para um memorando na mesa com os telefones das centrais e levantou o fone mais uma vez. Naquela ligação a conversa foi em inglês:

— Ah, é você, Número Quatro? Sou amigo do chefe. Lembra? Nos encontramos no alojamento e no concílio. Você sabe, evidentemente, que pegaram o chefe e o doutor. Eu estava com o chefe quando prenderam. Ele me cochichou para convocar uma reunião imediata na...

Sumiloff interrompeu-se para ouvir um estampido de advertências e sobressaltos. Seguiu-se uma conversa comprida. Yansen, o bilíngue, parecia muito incomodado.

— São as instruções do chefe — disse Sumiloff. — O homem da Yard está com certeza fora de Londres. Vassili sabe e eu mesmo me assegurei disso. Você me conhece: sou eu, Sumiloff. Se quiser, eu vou e dou a minha versão. É melhor que não seja por telefone. Pois bem. Em meia hora no Vassili, então. — Ele desligou.

— Tudo bem? — perguntou Nigel.

— Acho que sim. — Sumiloff olhou no relógio. — São 21h30.

— Alleyn disse que eu deveria ligar para Vassili e fingir que quero o número de Frantock. Vai confirmar a impressão de que Alleyn não está em Londres.

— É claro. Você pode telefonar, então?

Nigel discou o número e, em um minuto, ouviu a voz de Vassili, idosa e rabugenta:

— Quem fala?

— Olá, Vassili, é você? — Nigel começou a dizer. — Veja bem, me passe o número do telefone de Frantock, pode ser? Quero falar com o sr. Alleyn assim que ele chegar. Quem fala é o sr. Bathgate.

— *Zim, zim*, sr. Bathgate, é claro. É Frantock 59, senhor. A central telefônica fecha à meia-noite.

— Muitíssimo obrigado, Vassili. Desculpe o incômodo. Boa noite.

— Até aqui tudo bem — disse Sumiloff.

Nigel levantou-se.

— Não saia, por enquanto. Eu ainda vou levar vinte minutos. Podemos ir juntos — sugeriu o russo. — É o seu primeiro contato com o inspetor Alleyn?

— Sim. É um homem extraordinariamente interessante — disse Nigel. — Passa longe da ideia que se tem de um oficial da Scotland Yard.

— Passa? Bom, creio que sim. Ele teve uma formação de qualidade — disse Sumiloff curiosamente. — Começou no serviço diplomático; foi lá que eu o conheci. Tornou-se policial por motivos pessoais. É uma história notável. Talvez um dia ele lhe conte.

Como estava evidente que Sumiloff em si não pretendia explicar mais a respeito do detetive-inspetor Alleyn, Nigel pediu a ele para descrever de forma mais nítida a confraria cujas atividades eles estavam investigando. Ele ficou sabendo que o ramo londrino da associação era atuante há alguns anos. A organização em si era de idade remota e havia sido forte no reinado de Pedro, o Grande, quando praticava diversos ritos indecorosos e temíveis, baseados em uma espécie de monasticismo invertido.

— Uma das práticas preferidas deles era reunirem-se em uma casa, desgastarem-se até entrar em uma espécie de frenesi de revolta, depois trancarem-se e botarem fogo no local. Infelizmente, nem todos faziam isso, de modo que a confraria sobreviveu e tornou-se uma organização política que se associou às doutrinas soviéticas. Se ela tem reconhecimento oficial, não consegui apurar, mesmo que, por sugestão de Alleyn, eu tenha me tornado membro e avançado um tanto no ritual. — Ele olhou para Nigel com uma expressão curiosa de desinteresse e encerrou: — Eu sou, veja bem, uma espécie de alcaguete. Sem remuneração. Mas já fui patriota e não gosto dos soviletes.

— E o punhal?

— Não há dúvida de que é muito antigo. Mongol, eu diria. A ligação dele com a confraria tem longa data e ele foi usado para mutilações no antigo ritual. Tem uma história horrenda, mas os mais desvairados entre os confrades acreditam que possui poderes extraordinários. Deram-no a Krasinski para trazê-lo à Inglaterra depois de uma reunião especial da Sociedade em Genebra. Sim, meu amigo, em Genebra. Talvez nunca saibamos por que ele entregou o punhal ao sr. Rankin. Talvez tenha sido pressionado, ou o assustaram, ou talvez ele apenas quisesse deixar com uma figura de confiança. Era um louco. Os polacos são mais loucos que os russos, sr. Bathgate... Bom, agora preciso ir à minha reunião.

— Onde o senhor imagina que Alleyn esteja no momento? — perguntou Nigel enquanto eles desciam as escadas.

Sumiloff não respondeu de pronto. Ele desligou as luzes no pequeno vestíbulo.

— No momento? — A voz era baixa no escuro. — No seu habitat natural, penso eu.

Do lado de fora, na entrada da casa, um homem parou para acender o cachimbo. O fósforo se apagou, e ele jogou a caixa longe com uma interjeição de incômodo.

— Quer fogo? — perguntou Sumiloff.

— Muito obrigado — disse o homem, que estendeu a mão.

— Da Yard?

— Sim, senhor. Destacado pelo detetive-inspetor Alleyn.

— Este cavalheiro é de confiança. Estou indo para a casa. Não creio que vá ter problemas, mas acredito que o senhor saiba do combinado, não?

— Muito bem, senhor. O sr. Alleyn foi veemente ao dizer que devemos ficar longe de vista. Mas assim que o último estiver na casa, devemos nos aproximar.

— Espero que tenha cuidado. É certo que eles vão montar sentinela.

— Sim, senhor. Recebemos instruções hoje à tarde. Creio que não devemos nos misturar a não ser que recebamos uma mensagem do restaurante Hungaria. Temos que esperar na loja desocupada em frente à casa do sr. Alleyn. A entrada fica pela outra rua, e a jovem deve nos chamar por lá. É um plano bastante incomum. Tem um apito, senhor?

— Sim, obrigado.

Um pedestre solitário se aproximou.

— Muito agradecido — disse o homem da Yard, em voz alta.

— Não há de quê. Boa noite.

Sumiloff e Nigel foram caminhando em silêncio até chegarem à rua Lower Regent.

— Um apito pode ser um método um tanto deficiente para alertas — disse Nigel, que estava roendo as unhas de curiosidade.

— Não este — retrucou Sumiloff. Ele apresentou um pequeno disco de metal que colocou sob a língua. — Só deve ser usado em emergências. Talvez seja melhor nos despedirmos aqui.

— Tudo bem. Ah! Só um segundo, por favor. O senhor lhes deu uma senha?

— É claro.

— Oras, me *diga* qual é!

— O senhor ainda não tem idade. Bom, mal não fará. É o nome do polaco assassinado.

— Pelas pulgas saltitantes, que dramático! Boa noite.

— Boa noite, sr. Bathgate.

Nigel entrou no Hungaria e pediu uma mesa. Como não vestia traje a rigor, ficou com uma mesa nos fundos. Angela ainda não havia chegado. Nigel sentou-se em estado de inquietação mental. Não havia muita gente ali naquela hora e ele pouco achou para se distrair com os nervos estimulados em demasia. Fumou três cigarros de ponta a ponta, assistiu a três casais dançarem um tango apático e pensou imediatamente em Rankin e na sra. Wilde.

Outro homem entrou sozinho e, depois de hesitar um instante, sentou na mesa mais próxima e pediu cerveja. A banda estava tocando à maneira assistemática que distingue as horas de baixa movimentação em restaurantes chiques.

— Quer fazer o pedido, senhor? — perguntou o garçom de Nigel.

— Não, obrigado. Vou esperar até... estou esperando uma pessoa. Vou pedir quando ela chegar.

— Pois bem, senhor.

Nigel acendeu um cigarro e tentou imaginar a cena na casa de Alleyn. Queria muito que Angela viesse. Queria estar com Sumiloff. Queria ser detetive.

— Com licença — disse o homem na mesa ao lado —, mas sabe me dizer a que horas começa a banda húngara?

— Só à meia-noite.

— Vai demorar — disse o estranho, nervoso. — Vim justamente para escutar. Disseram que é muito boa.

— Ah, deveras — disse Nigel, sem entusiasmo.

— Disseram — continuou o homem na mesa vizinha — que hoje um russo vai cantar. Linda voz. Ele canta uma música chamada "A morte de Boris".

Nigel deu um pequeno salto, controlou-se e resmungou, alarmado.

— Tudo certo até aqui? — murmurou o homem.

Era tudo muito empolgante! Nigel, ainda com muita dificuldade, resmungou ao modo exato de Sumiloff:

— Yard?

— Sim. A caminho do meu compromisso. Inspetor Boys. Achei que seria bom ouvir as últimas.

— Sumiloff já cumpriu a parte dele — disse Nigel, curvando-se para amarrar os sapatos. — Deve estar lá agora.

— Está bom assim! Garçom! Pode me trazer a conta?

O JOGO DO ASSASSINO

Ele foi embora minutos depois, tendo passado por Angela, a qual, com um ar nada dissimulado de triunfo, havia aparecido na entrada. Ela acenou para Nigel, circundou as mesas e jogou-se na cadeira que o garçom puxou.

— Eureca! — disse Angela, batendo a bolsa na mesa e dando-lhe palmadinhas de triunfo.

— O que você tem aí dentro? — perguntou Nigel em tom baixo.

— Estive com C. Tunbridge.

— Como assim, Angela? Nem você teria como ir a Tunbridge e voltar em duas horas.

— Peça uma dessas cervejas que os outros estão bebendo e que está com uma cara deliciosa. Aí eu conto tudo.

— Cerveja? — perguntou Nigel, surpreso.

— Por que não? Eu adoro. Oceanos e oceanos de cerveja — disse Angela, em tom extravagante. — E agora deixe eu lhe contar o que aconteceu. Ah, Nigel — continuou ela com mudança total no tom —, eu *odeio* ser espiã. Não fosse por Rosamund, eu nunca, nunca teria me metido nessa. Mas eu *sei* que não foi Rosamund e... e ela já sofreu demais. Você gostava de Charles, Nigel?

— Eu não sei dizer — respondeu ele, com expressão séria. — Sofri um choque terrível. Eu fico me dizendo "pobre Charles", mas veja que a única coisa da qual eu tenho certeza é de que eu não o conhecia. Apenas o aceitava. Ele era o meu primo e passei a vida vendo-o com frequência. Mas não o conhecia, de modo algum.

— Rosamund conhecia. Ela o amava, e era um amor absurdamente triste. Charles se comportava muito mal. Rosamund tinha um temperamento abominável, sabe. Quando estava em Newnham, ela se meteu em uma encrenca complicadíssima porque... porque agrediu outra estudante. Foi um escândalo, foi horrível. Começou quando várias passaram a perturbar Rosamund quanto a Charles e outra garota. Ela entrou em fúria homicida, pegou uma faca... sim, uma faca... tiveram até que segurá-la.

— Jesus!

— Você percebe que, no dossiê que o sr. Alleyn está montando sobre todos nós, ele incluiu cada detalhe de nossos históricos que pode ter relevância no caso? Tenha certeza de que houve inquéritos exaustivos sobre o histórico de Rosamund em Newnham. Eu *sei* que ela não matou Charles. E se eu tiver que roubar as cartas de Marjorie Wilde para provar... bom, enfim, estou com elas.

— Cartas? Você é tão rápida que eu não dou conta de acompanhar. Você roubou cartas?

— Sim. Eu imaginei, e creio que o sr. Alleyn também, que o pacote que Marjorie queria que Sandilands destruísse era um maço de cartas. "C. Tunbridge" me deixou confusa por um instante, mas logo entendi. Arthur gosta muito de guardar caixas velhas, e de repente me lembrei de que ele deu a Marjorie uma caixinha vitoriana esquisita, com detalhes em marchetaria. Sabe como os comerciantes de antiguidades chamam estas caixinhas?

— Não mesmo.

— Caixas Tunbridge. Pensei nisso imediatamente e no táxi me decidi quanto ao que eu iria dizer. Masters, o mordomo deles, me deixou entrar e eu lhe disse que havia vindo a Londres de última hora, que ia sair para jantar e perguntei se ele se importaria se eu me aprontasse no quarto de Marjorie. Os outros criados não estavam e ninguém me incomodou. Levei dez minutos para descobrir a caixa, estava nos fundos da prateleira mais alta do guarda-roupa dela. Nigel, eu... eu *arrombei* a tranca com uma lixa de unha. Foi muito fácil, não precisei quebrar. Eu me senti imunda, mas estou com as cartas. Deixei o meu casaco de couro lá, e Masters disse que se eu voltasse tarde ele ainda estaria de pé, pois a sra. Masters voltaria de Uxbridge no último ônibus. Então vou deixar o sr. Alleyn ver as cartas e espero que ele diga: "Coloque-as no lugar". Ah, Jesus, eu me sinto uma salafrária!

— Creio que não precise se sentir, minha querida.

— Você está sendo gentil porque gosta de mim. Ah, eu descobri mais sobre Sandilands. Ela ia ficar em Dulwich com uma tia velha, mas a tia morreu de repente e Sandilands foi a Ealing desolada. Masters perguntou se eu podia avisar a madame, pois ele acreditava que havia combinado de corresponder-se com Sandilands em Dulwich a respeito de trajes que ela estava aprontando para madame. Então isso foi resolvido. Foi muito fácil. Masters estava tão agoniado em suprimir a curiosidade quanto às "infilicidades", como ele fala, que acredito que teria me deixado embolsar retratos de família sem dizer nada. Eu não sei por que as cartas iriam salvar Rosamund e não sei se vão fazer Marjorie cair em um escândalo, mas eu as roubei.

— Da minha parte, eu não creio que os Wilde ou Rosamund Grant tenham algo a ver com o assassinato. Eu acho que Tokareff é a pessoa.

— E quanto a Mary, a auxiliar bonitinha?

— Bom, ela *foi* a última pessoa a vê-lo com vida e ela é bonita, e Charles... bom, enfim, era uma ideia. Mas ainda estou voltado para o elemento russo. Escute só.

Nigel relatou as suas aventuras e Angela ficou apropriadamente impressionada.

— E eu passei mesmo por um policial à paisana quando entrei — exclamou ela. — E a polícia está atrás de persianas fechadas em uma loja vazia, onde instalaram um telefone, e eu tenho que ligar se Alleyn não chegar até a meia-noite. Estou superenvolvida!

— Eles estão com medo de deixar uma sentinela mais à vista na casa de Alleyn, pois os russos estarão de olho e podem suspeitar. Se Alleyn estiver lá, ele provavelmente vai sair por uma janela ou... não sei. Enfim, essas são as ordens.

— Que horas são agora?
— São 22h45.
— Céus! E nem podemos dançar. Por que o sr. Alleyn não nos avisou dessa viagem com antecedência? Eu podia ter agradado os seus olhos com o meu melhor vestidinho de tule. Sobre o que vamos conversar, Nigel?
— Gostaria de falar de amor à primeira vista.
— Nigel! Que cativante! Você tem a sua opinião sobre o assunto ou acha que, diante da espera tão grande, o que resta é um leve flerte?
— Não. Eu tenho a minha opinião. Mas se você vai fazer com que soe idiota, vou guardar para mim.
— Sinto muito — disse Angela, com voz baixa. — O que vamos fazer?
— Dê a sua mão para eu beijá-la. Vão achar que eu sou um agente estrangeiro, e eu anseio por isso.

A mão dela estava fria e um tanto dura, mas os lábios dele a convenceram a relaxar.

— Estou sentindo palpitações — disse Nigel de repente.
— É incômodo.

Foi como se uma bruma rosa, quase imperceptível, se formasse em torno da mesa. Angela e Nigel e a cerveja e a mesa ficaram flutuando na névoa rosada por meia hora enquanto a banda os embalava de forma suave com uma música deliciosa.

— Com licença, por favor, mas não seria o sr. Bathgate? — perguntou um garçom de repente.
— Sim... por quê? — disse Nigel, piscando para ele.
— Uma mensagem telefônica, senhor.

Um bilhete apareceu sobre uma bandeja sob o nariz de Nigel. Ele pegou e leu. A bruma rosa se dissipou e Nigel ficou olhando para a dúzia de palavras: "O sr. Alleyn aguarda que o sr. Bathgate encontre o sr. Sumiloff assim que possível".

— Hã... obrigado... sem resposta — disse Nigel, confuso.

14. REUNIÃO POSTERGADA

Os braços de Sumiloff estavam começando a doer e as pernas estavam em agonia de tanto formigar. Com precaução um tanto quanto desnecessária, eles haviam prendido os punhos e tornozelos dele à cadeira. Os outros três russos estavam sentados perto da lareira vazia, falando de modo intermitente e mal lhe dirigindo o olhar. Yansen, o escandinavo, era o menos indiferente. Ele curvou-se sobre a mesa na qual, pouco tempo antes, Nigel e Angela haviam provado do vinho de Alleyn. Yansen estava olhando para Sumiloff, e acabara de lhe contar mais uma vez exatamente o que eles se propunham a fazer.

Vassili entrou na sala. O rosto estava mascarado por uma palidez intensa. O olhar para Sumiloff sugeria uma espécie de compaixão reprimida. Ele falou com pressa em russo e depois, em prol de Yansen, em inglês:

— O homem lá fora diz que o sr. Bathgate está vindo — disse.

— Vamos recebê-lo — disse Yansen. Depois virou-se para os outros e perguntou: — Estão prontos aí? É muito simples. É bom que Vassili não abra a porta; se ele abrir, seria um embaraço. — Os outros assentiram e puseram-se de pé.

Nigel estava entrando na rua sem saída naquele instante. Não conseguia imaginar o que exigira a atitude inesperada da parte de Alleyn. Ele deveria entrar na reunião por acidente? Deveria apenas perguntar a Vassili se um certo sr. Sumiloff estava lá ou devia dar a Vassili a senha e fingir, sem ser muito convincente, que fazia parte dessa palhaçada de sociedade?

Ele olhou fixamente para a loja em frente à casa de Alleyn. Seria o olho da Scotland Yard observando-o detrás das persianas? Ele encontraria Alleyn já no comando da situação?

Soou a campainha e esperou. O homem que abriu a porta obviamente não era Vassili. Era mais novo e mais alto, mas o brilho da luz atrás dele impedia Nigel de ver o rosto.

— Krasinski — disse Nigel, acanhado.

— Está tudo bem, sr. Bathgate — respondeu o homem em tom animado. — Pode entrar.

— Ora, que tal! — disse Nigel enquanto entrava.

O homem fechou a porta com cuidado e acendeu a luz.

— Você! — exclamou Nigel.

— Sim, sr. Bathgate. Fiquei feliz em encontrá-lo no Hungaria. O senhor me disse exatamente o que eu queria saber. Pode me acompanhar?

Nigel o acompanhou até a sala de jantar. Na porta, o homem deu licença e Nigel, ainda pasmo, entrou. Sumiloff estava sentado na cadeira de madeira com pulsos e tornozelos amarrados. Outros três homens se levantaram na outra ponta da mesa, com Vassili atrás.

O homem que estivera no Hungaria trancou a porta e juntou-se aos outros.

— Sumiloff — disse Nigel —, o que significa isto?

— Veja você mesmo — disse Sumiloff.

— O sr. Sumiloff foi um tanto indiscreto — comentou o homem mais alto —, assim como, se me permite, o senhor.

— Mas então Sumiloff faz parte da sociedade? — gaguejou Nigel.

— Pelo contrário. Eu faço. Não sou o detetive-inspetor Boys, sr. Bathgate. O meu nome é Erik Yansen. Deixe-me apresentar os meus camaradas. Estamos todos armados e o senhor está na mira, sr. Bathgate.

Enquanto o amarravam à outra cadeira, a ideia predominante na cabeça de Nigel era o quanto Angela o acharia imbecil. E três vezes mais imbecil o acharia Alleyn, ele cogitou enquanto a amarra de couro machucava a canela dele. Ele olhou para Sumiloff.

— Como foi que isso aconteceu? — perguntou.

— Yansen nos viu juntos na rua Regent. A culpa foi minha. Fui descuidado em um nível criminoso; nunca deveríamos ter ido tão longe juntos. Ele me reconheceu e, por já estar desconfiado, seguiu você até o Hungaria.

— Está correto — disse Yansen. — E já que o nosso camarada Vassili nos disse como o sr. Alleyn estava confuso com a música do doutor, eu me aventurei a citá-la. A sua expressão foi o meu incentivo para prosseguir, sr. Bathgate.

— O detetive-inspetor Alleyn comentou que o meu rosto é eloquente — disse Nigel.

— Então, quando cheguei aqui, nos preparamos para lhe transmitir uma pequena mensagem.

— Agora está tudo belissimamente claro, obrigado.

— Antes da chegada do camarada Yansen, contudo — disse Sumiloff de repente —, eu consegui reunir uma quantidade substancial de informações. Tokareff não assassinou o seu primo, sr. Bathgate.

Vassili deu uma exclamação repentina em russo, e foi respondido peremptoriamente por um dos seus compatriotas.

— Teria *zido* grande glória para ele *ze tiveze* matado este homem — complementou um dos russo, decisivo.

— Que absurdo — disse Sumiloff em voz alta. O russo que havia falado atravessou a sala e deu um tapa na boca de Sumiloff. — *Svinya!* Ele está chateado porque eu não sei onde Alleyn está. Olhe a sala.

Nigel começou a perceber que a casa estava um caos. As cortinas tinham sido puxadas; a mobília, tirada das paredes; uma mesa havia sido aberta e a grande lareira estava lotada de papéis. Ele se lembrou de ter notado coisas fora do lugar de maneira similar na entrada.

— Eles já andaram pelo porão e pelo sótão — disse Sumiloff. — Agora não sabem o que fazer conosco.

— Ouçam — falou Yansen em tom vigoroso. — Um de vocês ou os dois pode nos dizer o que Alleyn está fazendo. Quero ter uma noção de onde ele está. Será ridículo se recusarem e nos obrigarem a usar a força.

Ele assomou-se sobre Nigel.

— Onde está Alleyn? — perguntou.

— Não faço ideia — disse Nigel. — É verdade, eu não sei.

— Quando e onde você combinou de encontrá-lo depois... daqui?

— Não fiz plano algum.

— Porco mentiroso — disse Yansen com a voz baixa e intensa.

Ele deu um tapa no rosto de Nigel, fazendo a nuca dele bater contra a cadeira. Os russos começaram a falar ao mesmo tempo.

— O que vocês estão falando? — Yansen quis saber.

— Quer que eu seja intérprete? — ofereceu-se Sumiloff delicadamente.

— *Niet!* Não! — disse o mais alto dos três. — Eu mesmo sei acertar em inglês. Digo para dar tormentos neles até falar. Não há tempo a esperar. Não é seguro. E depois o que fazer com eles? Eu acho melhor matar ambos, mas depois livrar dos corpos? Difícil. Mas primeiro fazemos eles falarem.

O relógio no pequeno vestíbulo fez um pigarro e bateu as doze horas. Angela iria telefonar agora, a polícia estava do outro lado da rua. Não havia necessidade de ficar assustado. Vassili de repente se estourou a chorar: as lágrimas da vergonha de um velho. Os russos aparentemente o amaldiçoaram, e o que falava inglês veio até Sumiloff, puxando a lapela do casaco. Eles falaram juntos em russo.

— Bathgate — disse Sumiloff, baixinho —, eles vão enfiar alfinetes nas minhas unhas. E nas suas também. É uma forma de tortura bastante infantil e não corresponde às tradições da confraria. Mas dói.

Ele terminou respirando fundo e rápido. Nigel se ouviu praguejando. Yansen e um dos russos abaixaram-se perto dele. Nigel lembrou-se de um comentário de Arthur Wilde: "Deveria haver a possibilidade de divorciar a mente do corpo de modo que se olhe a própria dor física com o mesmo distanciamento analítico que se dirige à agonia de outra pessoa".

Uma dor nauseante e nojenta profanou os seus dedos. O corpo inteiro se sacudiu e as amarras de couro cortaram a carne. *Eu acho que não vou aguentar*, pensou. Vassili estava chorando em voz alta. Os quatro homens estavam em cima de Sumiloff e Nigel. Nigel fechou os olhos.

— Agora — disse Yansen —, nos digam: onde está Alleyn?

— Bem atrás de você — disse Alleyn.

Uma espécie de clangor de surpresa se acendeu no cérebro de Nigel. Perto da orelha dele, alguém estava soprando um apito ensurdecedor. O barulho correspondia exatamente à dor na ponta dos dedos. Ele abriu os olhos. Um homem com o rosto sujo e revólver na mão estava de cócoras, montado sobre a lareira vazia.

— Sem gracinhas — disse a aparição. — Vocês estão cercados por todos os lados, sabiam? Levantem as mãos, crianças.

O recinto ficou cheio de homens: policiais e outros de ternos escuros. Nigel foi desamarrado, mas continuou sentado na poltrona olhando para Alleyn, com o rosto sujo, que conversava ativamente com Sumiloff.

— Eu sabia que tinha como subir naquela chaminé — disse ele. — Tinha uma foto dela na *Ideal Home* e disseram: "Uma linda chaminé à moda antiga, intocada desde os tempos em que o limpador de chaminés mandava um moleque subir no telhado". "Intocada" é a palavra-chave: veja só o meu rosto. Eu não sou moleque e foi um aperto só, fora o calor infernal. Pegou os seus homens, Boys? Isso mesmo. Pode levar.

— E quanto ao velhão? — perguntou um cavalheiro corpulento que Nigel entendeu ser o inspetor Boys genuíno.

— Vassili? Não. É um velho tolo, mas não está preso. Irei à delegacia depois de me resolver.

— Certinho, senhor — disse o inspetor Boys, com magnificência. — Venham, por favor, senhores. — Em questão de minutos a porta da frente bateu.

— Vassili — disse Alleyn —, chega de confrarias para você. Alcance-nos o iodo, arrume as coisas, traga umas bebidas, prepare um banho quente e telefone para o Hungaria.

Nigel mal conseguia acreditar que apenas uma hora havia se passado desde que tinha deixado Angela. Ela estava com uma expressão preocupada e pareceu muito contente e aliviada quando ele chegou. Ficou atarantada com o dedo de Nigel, horrorizada com a narrativa e fez ele se sentir um herói em vez do tolo que ele sabia que era. Comeram bacon. Nigel pagou a conta e, estando muito apaixonado por Angela, achou a viagem de volta a Frantock curta demais.

O guarda Bunce os deteve nos portões e eles lhe deram algumas pepitas de notícias. Frantock estava às escuras e o saguão, com a lareira moribunda, lembrava estranhamente a tragédia de domingo. Nigel deu um beijo delicado em Angela quando ela estava com a vela acesa na ponta da escada.

— Tirando Tokareff da lista — disse ela de repente —, a situação fica bastante reduzida. Nigel, você acha que o sr. Alleyn falou sério quando disse que não suspeita mais... de nós?

— Tenha bondade, querida. Que ideia para se levar para a cama! Oras, é claro... tudo mais é impensável. Ele confiaria em nós tal como fez, se não fosse assim?

— É que me parece — disse Angela —, que ele não confia em ninguém. O que eu vou fazer com essas cartas?

— Entregue-as para mim. Eu mostro para ele amanhã e talvez possamos ir a Londres depois do inquérito e devolver "sem dar conhecimento".

— É, talvez — concordou Angela. — Muito obrigada, querido Nigel. Mas, se você não se importar, hoje vou ficar com elas. — Ela lhe deu um beijo de surpresa, sussurrou "boa noite" e foi embora.

Nigel se despiu e foi para a cama. A dor latejante no seu dedo manteve-o acordado por algum tempo, mas, enfim, em meio a uma multidão de rostos grotescos balbuciando com as vozes de Sumiloff, Vassili, Yansen e dos três camaradas russos, ele se jogou em um carro rápido e, com um salto nervoso na pulsação, guiou pela noite rodopiante rumo ao nada.

O inquérito aconteceu em Little Frantock às onze da manhã seguinte. Levou muito menos tempo e foi menos pavoroso do que qualquer um dos presentes havia previsto. Nigel, é claro, já havia sido informado do conteúdo do testamento de Rankin. Charles havia deixado o grosso das propriedades ao próprio Nigel, assim como a casa e os móveis. Mas havia várias legações, incluindo uma soma de três mil libras para Arthur Wilde e de livros, fotos e *objets d'art* para sir Hubert Handesley. Os termos do testamento foram levantados no inquérito e Nigel se sentiu como um assassino, mas, em geral, chamou pouca atenção. O investigador-legista passou algum tempo com o depoimento de Mary, a empregada auxiliar, e fez várias perguntas relevantes a Arthur Wilde, tendo sido estes dois os últimos a falarem com Rankin. Demorou-se no elemento russo. Alleyn deu um relato breve e insípido do encontro dos camaradas e enfatizou que ele havia escutado claramente todos falarem, em tom definitivo, que Tokareff não tinha parte no assassinato. Sumiloff foi convocado e apoiou Alleyn nessa questão. Um advogado notavelmente sem graça "assistia" aos trâmites em nome do dr. Tokareff. As perfídias e teatralidades da confraria provocaram comoção considerável.

Rosamund Grant não foi convocada, mas a sra. Wilde, usando ruge na boca, mas nada no rosto, apoiou o sr. Wilde no relato da conversa conjunta deles durante o momento do assassinato. Sir Hubert, parecendo profundamente abalado, foi tratado com cortesia consumada pelo investigador-legista. O incidente da legação do punhal por Rankin a sir Hubert foi comentado, mas o investigador-legista não lhe deu atenção.

Alleyn convocou a suspensão dos trabalhos; a questão se encerrou, deixando os espectadores com a sensação de que foram servidos com traição quando pediram assassinato.

Os convidados estavam em liberdade para deixar Frantock e o fim de semana de Nigel enfim chegava ao final. Ele estava diante do prospecto de voltar à redação do jornal, carregado com uma pauta proibida. O jornal fora altamente diplomático. Jamison, o chefe, havia telefonado, dizendo-lhe com tristeza genuína para não se preocupar. Nigel imaginou o escocês voraz por pautas e, sorrindo consigo, havia passado uma hora antes do inquérito escrevendo a respeito do elemento russo.

Agora ele parava pela última vez na sua janela, no pequeno quartinho galês, ouvindo os matizes rabugentos da voz da sra. Wilde enquanto ela conversava com o marido em meio ao arrumar das bagagens, do outro lado do banheiro. Angela desapareceu imediatamente depois do inquérito, supostamente com o objetivo de correr para Londres com as cartas. Nigel não havia tido oportunidade de conversar com ela e sentiu-se bastante injuriado. Com um suspiro, virou-se da janela e deixou uma nota de uma libra sobre a penteadeira para Ethel, a Inteligente. Uma libra inteira! Um gesto bonito e um tanto extravagante, mas, afinal de contas, ela havia visto-o antes das luzes se apagarem e, assim, refletiu, firmou o seu álibi.

Ouviu-se uma batida na porta.

— Entre — disse Nigel.

Era sir Hubert. Ele chegou incerto, hesitou com o som das vozes dos Wilde e então, dando as costas para Nigel, falou de forma suave:

— Eu o interrompi apenas para lhe dizer, enquanto houver oportunidade, como sinto... — Ele hesitou e depois seguiu com mais vigor — ...o quanto me arrependo das circunstâncias trágicas da sua primeira visita à minha casa, Bathgate.

— Ah, senhor, por favor... — começou a dizer Nigel, mas o outro o interrompeu.

— Você vai ser educado e generoso, eu sei; mas, embora seja muito gentil da sua parte, não faz muita diferença diante do que aconteceu. Eu me sinto... responsabilíssimo por todos vocês, mas especialmente por você. Se em algum momento eu puder lhe ser útil, por favor, garanta que vai me dizer.

— É muito gentil da sua parte — respondeu Nigel por impulso. — Espero muito que tente, senhor, se não for impertinência da minha parte falar assim, descarregar-se de qualquer sensação de responsabilidade mórbida diante de qualquer um de nós. Eu... eu era afeito a Charles, naturalmente, mas acredito que não o conhecia nem metade do quanto o senhor o conhecia. Creio que o maior amigo dele, afinal de contas, sentiu a morte dele mais do que qualquer um de nós.

— Eu tinha extremo afeto por ele — disse Handesley, sem mudar de tom.

— O senhor sabe, é claro, que ele lhe deixou várias pinturas e outras coisas. Eu vou tratar para que lhe sejam enviadas assim que tudo estiver resolvido. Se houver algo mais entre as posses de Charles de que o senhor saiba e gostaria de ficar, a título de... de recordação, espero que me comunique. Sei que soa horrível, mas eu pensei... — Nigel fez uma pausa, embaraçado.

— Muitíssimo obrigado. Eu entendo perfeitamente, mas tenho certeza de que não há nada... — Handesley virou-se para a janela — ...com exceção do punhal. Como você sabe, ele ficará comigo de qualquer maneira. Creio que está tudo em ordem com a legação.

Por dois ou três segundos, Nigel ficou literalmente incapaz de falar. Ele olhou para a eminência branca que era a cabeça de sir Hubert e ideias a respeito da incerteza total das reações humanas correram em pura perplexidade pela mente dele.

— É claro... — Ele se ouviu dizer.

Handesley o interrompeu:

— Você pode achar muito estranho que eu queira ficar com essa arma. Para você, quem sabe, é estranho, mas você não é um colecionador entusiástico, tampouco tem o ponto de vista imparcial de um estudioso. Esse punhal não teria como me lembrar de forma mais intensa daquilo que, seja como for, nunca terei como esquecer, mas me parece que devo à memória de Charles ficar com a arma assim que a polícia tiver encerrado a análise. Você não entende, mas o próprio Charles, que conhecia o meu caráter, teria entendido. Eu creio que qualquer um que seja tão interessado quanto eu nesse tipo de objeto teria entendido. É o ponto de vista científico.

— Que história é essa de ponto de vista científico? — perguntou Wilde, enfiando a cabeça pela porta do banheiro. — Desculpem se interrompo, mas eu ouvi essa expressão.

— Você consegue interpretar, Arthur — retorquiu sir Hubert. — Eu preciso descer e socorrer Rosamund. Ela ainda está muito incomodada e Alleyn insistiu em interrogá-la mais uma vez hoje. Arthur, me diga, você acha que...?

— Eu parei de achar — disse Arthur Wilde, em tom amargo.

Nigel viu Handesley, enquanto saía, lançar uma olhada ao velho amigo.

— Qual é o problema com Hubert? — perguntou Wilde quando eles ficaram a sós.

— Não me pergunte — respondeu Nigel, cansado. — Este crime parece ter sido ácido corrosivo nos nossos corações. Sabia que ele quer ficar com o punhal?

— O quê?!

— Sim. Ele me lembrou do testamento em que você deu testemunho... Lembra-se daquele testamento de brincadeira?

— Lembro — disse Wilde, sentado na cama e olhando para Nigel por trás dos óculos, sem expressão.

— Ele disse que você ia entender.

— O ponto de vista científico. Eu sei. Que consistência terrível! Sim, imagino que de certo modo eu entenda, mas... meu Deus!

— Eu sei. Tome um cigarro.

— Arthur! — chamou a sra. Wilde, do outro lado do banheiro. — Você telefonou e avisou quanto ao horário que vamos chegar hoje à noite? Preferia que você não saísse andando assim.

— Estou indo, querida — disse Wilde.

Ele correu de volta à esposa, e Nigel, se questionando se Angela havia voltado, saiu do quarto para descer. Encontrou Alleyn no alto da escada.

— Estava procurando por você — disse o inspetor-chefe. — Pode descer ao gabinete só um instante?

— Com prazer — respondeu Nigel, lúgubre. — O que está havendo? Vai me dizer que descobriu o assassino?

— Bom, por um acaso, vou — disse Alleyn.

15. ALLEYN ESCLARECE

— Você falou sério? — perguntou Nigel, após os dois entrarem e o detetive fechar a porta.
— Sim, é verdade. Agora eu sei. Sei há algum tempo, creio eu; mas, mesmo que um oficial da Yard não deva se deixar levar por pressentimentos, eu vejo que com frequência há um momento em qualquer caso quando parte do nosso cérebro, uma sensação, uma intuição nossa, sabe o final enquanto o resto do cérebro adestrado fecha essa parte intuitiva. Sim, às vezes é assim.
— Quem é?
— Não é por intenção de deixá-lo em suspense que não respondo de imediato. Quero alguém que ouça as provas. Na Yard nós já as repassamos *ad infinitum,* é claro. Há um ou dois de nós que conhecem a ficha do caso de cor. Mas quero me ouvir repetindo para alguém que não sabe nada. Tem paciência, Bathgate?
— Tudo bem. Mas sabe Deus que não é fácil.
— Serei breve e o mais impessoal possível. É o policial quem fala. Na segunda-feira de manhã, quando comecei a trabalhar no caso, entrevistei os hóspedes individualmente e depois, como você há de lembrar, juntos. À conclusão de nossa "audiência", fiz uma análise exaustiva da mansão. Com a assistência de Bunce, reconstituí o assassinato. A posição do corpo (que havia sido remexido em nível exasperante), do punhal, da coqueteleira e do gongo me levou a crer

que Rankin havia sido esfaqueado pelas costas e pelo alto. Não é fácil enfiar um punhal em um corpo pelas costas de forma a penetrar o coração. Mas foi o que aconteceu, e eu, junto ao dr. Young, suspeitei de um certo conhecimento de anatomia. Quem dos convidados detinha tal conhecimento? O dr. Tokareff. Durante algum tempo as provas apontaram fortemente para ele, e o aspecto fantástico da motivação se manteve consideravelmente com o assassinato de Krasinski pelo mesmo motivo: a transgressão com o punhal sagrado. Duas objeções me impediram de ir em frente com o russo: uma, o fato de ele ser canhoto; a outra, a distância do quarto dele até a cena do crime. Além disso, fui informado de que ele foi fortemente contra mexerem no corpo.

"A postura dele também foi difícil de explicar. Ele não fez nenhuma tentativa de disfarçar a indiferença à morte de Rankin e a sensação de que foi um ato de justiça poética. A seguir voltei a minha atenção para Rosamund Grant. Aqui se via o motivo milenar da mulher não exatamente desprezada, mas diante da desilusão completa em relação ao homem que amava com tanto ardor. Ela estava ciente do caso de Rankin com a sra. Wilde. Ela havia tentado encontrá-lo, havia mentido quanto à movimentação dela imediatamente antes do assassinato e, no meu interrogatório, foi uma interrogada extremamente insatisfatória. Ela havia estudado anatomia e, no passado, demonstrou temperamento ingovernável e violento. O achado da srta. Angela, um tufo de penugem verde do calçado da srta. Grant no quarto de Rankin, foi auspicioso para a srta. Grant. Reduziu o fator temporal, no caso dela, a uma proporção quase impraticável. Depois, temos sir Hubert. Aqui, a única motivação que eu descobri foi o entusiasmo do colecionador. Esse entusiasmo pode se tornar uma doença, e não sei dizer se sir Hubert não está maculado com ela. Ele já tomou medidas extraordinárias para fazer somas à coleção dele. Mas... assassinato? E, mais uma vez, o fator tempo. No seu caso, fui extremamente minucioso, mas a prova da servente foi irrefutável; você havia fumado dois cigarros enquanto estava no quarto. Não estava em dívida. Dinheiro é a motivação por trás da maioria dos crimes e, no seu caso, estava tudo evidente: são e saudável. Desisti de você, mesmo com relutância.

"Bom, e assim prossegui. A sra. Wilde, que, pela cena que você e a srta. Grant ouviram, revelou-se em um estado de sujeição histérica e relutante a Rankin, era muito baixinha para executar o assassinato. O marido havia revelado uma fobia curiosa que ela teria quanto a facas e lâminas de todo tipo. Ela tem dívidas. Rankin deixou três mil ao marido dela. Além disso, ela havia arrastado o corpo um pouco fora da posição original. Este ponto é digno de nota. Mas ela é muito baixinha. Isto me levou de volta à posição do agressor, então coloquei Bunce no lugar de Rankin e fiquei em pé, atrás dele, no pé da escada. Se eu ficasse no degrau mais baixo, não o alcançaria. Fui convencido de que a vítima estava parada perto da bandeja de coquetel. Do piso, nem eu conseguiria fazer a penetração descendente correta que a posição do punhal indicava. Onde, então, o agressor havia ficado? Como ele havia chegado tão perto sem ser observado e, ainda assim... Toda vez eu parava em um beco sem saída. Eu tinha, é claro, as digitais de todos vocês. O cabo do punhal não registrou digitais. Então, finalmente, fizemos outra descoberta. Entre o borrão confuso de digitais no arremate inferior do corrimão estavam as impressões fracas, mas inegáveis, que sobraram de duas mãos que haviam agarrado de cima. A mão esquerda estava moderadamente perceptível, mas a mão direita era algo bem diferente. Foi a impressão curiosa deixada por uma mão enluvada, e a pressão tinha sido forte o bastante para mostrar as costuras da luva e, em alguns lugares, a indicação do couro áspero. Eram impressões fracas, mas tiramos bom resultado delas, que sugerem que haviam sido feitas pelas mãos esquerda e direita do mesmo indivíduo. A angulação era curiosa. Suscitavam a imagem de alguém de pé com as costas para a escada inclinando-se pela ponta curva do corrimão em um ângulo muito esquisito. Uma atitude muito improvável, a não ser que..."

Alleyn fez uma pausa.

— Então? — perguntou Nigel.

— A não ser que a pessoa que a fez estivesse montada no corrimão e de frente para o saguão. Alguém que houvesse, por exemplo, escorregado pelo corrimão e chegado embaixo apoiando-se com força no arremate. Uma pessoa com um braço comprido poderia, daquela posição, apanhar o punhal suspenso na tira de couro da parede. Esta pessoa seria consideravelmente mais alta do que a vítima recurvada. Nós reanalisamos toda a extensão do corrimão. No alto encontramos impressões similares, que fecham com a ideia de que o autor havia escorregado pelo corrimão com o rosto à frente. Perguntei à srta. Angela se algum de vocês havia praticado esse suave esporte e ela me disse que não; não naquele fim de semana. Também me assegurei de que o dr. Tokareff e a sra. Wilde não eram bons no esporte. Isso não foi interessante, pois as impressões não eram de nenhuma dessas pessoas.

— Então de quem...?

— A seguir voltamos nossa atenção para a borda externa da base do corrimão, a base de madeira na qual os pilares estão escorados. Aqui achamos uma digital, solitária e inconfundível, já que Ethel, Mary e companhia não se dão ao trabalho de passar o espanador nessa viga inferior. A impressão era incisiva no alto e borrada mais abaixo.

— Mas como alguém passaria a mão ali, e por quê?

— Não era uma impressão de palma, mas de um pé descalço, um pé que havia acabado de passar pela madeira enquanto o dono escorregava pelo corrimão. E, com esta descoberta, tive que reconstruir as minhas noções quanto ao fator tempo. Tive por volta de dez segundos a mais para pensar. Uma ceninha vivaz começou a tomar forma. Imagine só, Bathgate. O saguão está mal iluminado. Mary apagou a maioria das luzes, porque é uma mania dela. Ela saiu e Rankin está curvado sobre a bandeja de coquetel, bem iluminada pela luminária logo acima. As escadas estão praticamente nas trevas. Rankin provavelmente está remexendo o que resta do coquetel, preparando-o para se servir. No alto da escada aparece um vulto escuro, vestido apenas em parte. O vulto pode estar usando um roupão ou, quem sabe, apenas roupas de baixo. Uma luva na mão direita. Há um leve silvo, abafado pelo remexer da coqueteleira. O vulto agora está montado na parte de baixo do corrimão. Ele executa dois movimentos rápidos e Rankin cai para a frente, batendo o gongo com a cabeça. O vulto no corrimão se projeta para sair e chega na chave geral. Então, trevas.

Alleyn parou de falar.

— Bom. — Nigel aventurou-se a dizer, com leve tom de zombaria. — É para eu saber a resposta?

Alleyn olhou para ele com um curioso ar de compaixão.

— Ainda não?

— De quem eram as digitais?

— Isto eu não vou lhe contar. Ah, acredite, Bathgate, que não desejo figurar como o misterioso e onipotente detetive. Seria impossível de tão vulgar. Não, eu não estou lhe contando porque ainda há um pedacinho do meu cérebro que não consegue aceitar por inteiro a prova do teorema. Há apenas um pedacinho tangível de prova neste caso inteiro. É o botão da luva que o assassino usou. A luva foi queimada, mas o fecho, um botão de pressão, foi recuperado. Este único e miserável botão prega toda a estrutura do caso. Mas não basta. Então decidi fazer um experimento fora do comum, Bathgate. Vou pedir ao grupo de suspeitos para assistir enquanto executo uma performance do assassinato. Um dos convidados precisa escorregar pelo corrimão e, como em um show de mímica, reencenar aquela ceninha trágica. Quero que você, "com total concentração da tua alma", se era assim a expressão, observe os outros. Sim, o velho golpe de Hamlet. E, se der certo, espero que eu não faça a bagunça que ele fez. Você fez algumas amizades aqui, não fez?

— Sim — respondeu Nigel, surpreso.

— Então tenho medo de que o resultado lhe seja um choque. É por esse motivo que só lhe contei este tanto. Gostei da sua companhia, Bathgate — encerrou o inspetor-chefe, com um daqueles curiosos desvios da formalidade a que Nigel havia se acostumado. — Talvez tenhamos uma última conversa... depois.

— Eu hei de insistir — garantiu-lhe Nigel.

— Ótimo! Então me preste um último serviço. Pode fazer o papel do assassino na peça dentro da peça e me ajudar a convencer esta figura sombria a se revelar?

— Mas oras... — falou Nigel, com frieza.

— Ah! Você não gostaria. É algo que lhe é abominável. Eu odeio a sentimentalidade ilógica. Ela é tão soberba.

Havia algo de amargurado na voz de Alleyn que Nigel ainda não havia escutado.

— Você não entende... — começou a falar.

— Acho que entendo. Para você está tudo acabado. Rankin era o seu primo; você sofreu um choque. Você também há de confessar que gostou do papel que cumpriu até aqui em ajudar a arrebanhar um bando de russos loucos. Mas agora, quando um criminoso que está preparado, que chega a formar complôs, para deixar um inocente morrer, por acaso é alguém que você conhece, você se torna pura meticulosidade e deixa o trabalho sujo para o policial. Perfeitamente compreensível. Em questão de anos você estará contando vantagem com este assassinato. Uma pena que não possa transformar em matéria.

— Você está sendo injusto — disse Nigel, irritado.

— Estou? Bom, não vamos brigar. Talvez você não se importaria em pedir a Bunce, que estava ali na via de acesso, para se apresentar à minha pessoa. Sinto dizer que faz parte do meu plano que você testemunhe, com os outros, esta última cena. O seu trem sai em meia hora.

Nigel foi caminhando até a porta.

— Vou avisar Bunce — propôs ele.

— Obrigado — disse Alleyn, cansado.

— E — prosseguiu Nigel, um tanto nebuloso — eu ainda acho que você está sendo injusto, Alleyn, mas, se quiser, se me permitir... farei o que você sugerir para ajudar.

A singularidade do sorriso encantador de Alleyn iluminou os olhos dele por um instante.

— Tudo bem. Desculpe! Eu estou uma pilha de nervos no momento e eu odeio, odeio assassinatos. Talvez outra pessoa sirva, afinal. Volte com aquele tira e eu lhe explico.

Nigel encontrou o guarda Bunce olhando desconsolado para um crisântemo morto em um canteiro do gramado.

— O detetive-inspetor chefe Alleyn quer ver o senhor no gabinete — anunciou Nigel, gostando da sequência ritmada de títulos e nome.

— Ah! — disse Bunce, aprumando-se. — Obrigado, senhor. Eu já vou. Vai ser uma boa mudança despois desses canteiro de flô. Não sou grande amante da natureza, não.

— Não?

— Não. É muito *aliatório* pro meu *raciocíneo*. Bagunçado. Mas é a natureza. Bom, eu já vou.

— Eu também vou — disse Nigel, e os dois voltaram ao gabinete em silêncio.

Alleyn estava parado perto da lareira analisando um revólver. Enfiou a arma no bolso e disse, firme:

— Bunce, deixe um homem na porta da frente daqui a dez minutos, outro na sala de estar e um terceiro aqui. Os hóspedes serão reunidos no saguão. Fique de mente alerta e ouvidos bem abertos. Quando me ouvir dizer "agora vamos começar", venha tranquilamente ao saguão e mantenha aquela pessoa, a pessoa que eu já lhe informei, sob observação. Não espero ter problemas, mas... bom, quanto mais tranquilo for, melhor. A prisão provavelmente se dará imediatamente. A propósito, vou querer que você faça o papel da vítima tal como na primeira reconstituição.

Os olhos de Bunce se iluminaram.

— Ótimo, senhor. De cabeça no gongo como antes, suponho?

— Sim, Bunce. Pode ficar com o capacete, se quiser.

— Aí perde o artístico, né, senhor? Com tanta emoção eu nem vou notar a pancada.

— Como quiser. Pois bem, então, pode ir. Posicione os homens, sim? E não revele nada. Está claro?

— Abundantemente, senhor — exclamou Bunce. Ele deu meia-volta com elegância e saiu do recinto pela porta francesa.

— Agora, Bathgate — disse Alleyn —, vou garantir que todos estejam no saguão em meia hora. As viaturas estarão à espera para levar todos à delegacia. A srta. Angela acabou de voltar, então em breve estaremos todos aqui. Com exceção dos russos, é claro. A propósito, Bathgate, você consegue escorregar pelo corrimão virado para a frente?

— Não sei. Acho que sim.

— Bom, talvez não seja necessário. Vou poupá-lo, se puder. Se importa de tocar a sineta?

A convocação foi atendida pela ubíqua Ethel.

— Se importa de encontrar a srta. North, Ethel? — perguntou o inspetor. — Peça, se não for muito inconveniente, para ela falar comigo um instante.

— Pois bem, senhor.

Angela entrou com aparência de que a viagem até Londres tinha lhe feito bem.

— Eu repus as cartas com sucesso — disse ela —, mas gostaria que você não tivesse ficado com aquelas duas. Eu me sinto abominável. Onde elas estão?

— Na delegacia — respondeu Alleyn. — Elas se mostraram de valor considerável. Você não precisa se sentir execrável. Tudo que você fez foi salvar a sra. Wilde da indignidade de uma revista oficial na casa dela. A sua parte na obtenção das cartas nunca virá à tona.

— A questão não é exatamente essa — objetou Angela. — Eu apliquei um golpe baixo em Marjorie. Mas, se ajudou Rosamund...

— Ajudou a fixar provas de que eu precisava — disse Alleyn com firmeza. — Não consigo ver que algo mais seja de importância. Sou incapaz de sentir simpatia pelas incalculáveis dores do leigo.

— Você não está muito humano esta manhã — comentou Angela, hesitante.

— Bathgate já me notificou. Se a senhorita sente algum remorso pela sra. Wilde, terá várias oportunidades para ajudá-la. Ela tem uma grande amiga?

— Não sei — respondeu, nervosa. — Não creio que tenha.

— Esse tipo de mulher não costuma ter, por regra. "Gatos que trilham sós."

— Nunca gostei tão pouco de você como agora.

— Parece que sou impopular no geral. Contudo, isso também é irrelevante. Pedi apenas para conversar com a senhorita por um instante para dizer que ficaria extremamente grato se pudesse reunir os hóspedes e sir Hubert pela última vez no saguão. Talvez a senhorita possa sugerir que há tempo sobrando para um coquetel antes que eles se dirijam ao trem.

— Com certeza — disse Angela, bastante graciosa.

Alleyn adiantou-se a Nigel para abrir a porta para a srta. Grant. Ele dirigiu um olhar profundo à moça e disse, irônico:

— A vida do policial é infeliz. Este caso chegou a um ponto que eu sempre acho praticamente intolerável. A senhorita poderia lembrar-se disto?

Angela havia ficado pálida.

— Pois bem, vou lembrar — respondeu ela. E saiu para a função dela.

— Agora, Bathgate — continuou Alleyn —, vá ao saguão, fique em silêncio e não deixe transparecer que sabe que algo vai acontecer. Lembre-se: eu quero o máximo possível de registros imparciais da reconstituição. E vá de uma vez, pelo amor de Deus. A campainha está soando, as luzes da casa estão apagadas, a cortina vai subir. Tomem assentos, senhoras e senhores, para o ato final.

16. O ACUSADO DENUNCIADO

Os hóspedes foram reunidos pela última vez no saguão de Frantock. A disposição dos participantes, a iluminação, o figurino, os rostos, o pano de fundo, tudo estava praticamente do mesmo modo que no domingo anterior, há menos de uma semana. Foi uma repetição do mesmo tema em clave menor, um tema menos rico, depauperado por não ter a energia de Rankin nem as vogais robustas de Tokareff.

A bandeja de coquetel estava no lugar costumeiro. Não havia ninguém por perto. Era como se o fantasma do cadáver de Rankin houvesse definido uma barreira e fosse melhor evitá-la.

Sir Hubert desceu a escada devagar e juntou-se aos seus hóspedes. Ele parecia sentir-se na obrigação de sufocar o silêncio abissal com palavras e começou uma conversa dolorosamente desconjuntada com Wilde e Nigel, que lhe respondiam com restrição escrupulosa. Os outros estavam em silêncio. Os carros iriam chegar em seguida, e eles apenas esperavam.

A porta do gabinete se abriu e Alleyn passou ao saguão. Todos o olharam com desconfiança, unidos no antagonismo tão intenso quanto sutil. Nos pensamentos do grupo, tão sigilosos entre si, eles já estavam conscientes daquela sensação em comum de antipatia para com o detetive. *Talvez*, pensou Nigel, *seja uma oposição animal instintiva à disciplina*. Todos esperaram o detetive falar. Ele foi caminhando até o centro do saguão e os encarou.

— Posso pedir a sua atenção? — começou, formalmente. — Fui obrigado a detê-los aqui até o inquérito, quatro dias de retardo que, percebo, muitos consideraram inconveniente e todos acharam extremamente desgostoso. Essa restrição já foi vencida e em questão de minutos Frantock será deixada em paz. Antes que partam, contudo, decidi que deixarei todos compreenderem a teoria da polícia quanto ao modo como o crime foi cometido.

Ele fez uma pausa e um silêncio mortal, de choque, sustentou o eco da voz dele. Passado um instante, ele voltou a falar:

— A maneira mais simples de me fazer entendido é reconstituir o maquinário do assassinato. Para tanto, preciso da sua assistência. Precisaremos de duas pessoas para interpretar os papéis da vítima e do assassino tal como a polícia visualizou. Talvez alguém possa se voluntariar para me dar essa assistência.

— Não... ah, não... não! — A voz de sra. Wilde, aguda e fora de tom, os deixou desconcertados pela veemência.

— Calma, querida — disse Arthur Wilde, em voz bastante baixa. — Está tudo bem. Será melhor se todos compreendermos tudo que o inspetor Alleyn pode nos dizer. É nossa ignorância da teoria oficial, em grande parte, que tornou esse suspense intolerável.

— Concordo, Arthur — disse Handesley. Ele virou-se para Alleyn. — Se eu puder ser de auxílio, estou à disposição.

Alleyn olhou firme para o anfitrião.

— Agradeço muitíssimo, sir Hubert, mas creio que não vou pedir que execute o feito um tanto curioso que penso ser necessário. Quero um homem que consiga escorregar pelo corrimão. Com o rosto voltado para a frente.

— Infelizmente eu não consigo — disse Handesley, após uma longa pausa.

— Não. Talvez o senhor, sr. Wilde?

— Eu? — disse Wilde. — Oras, as minhas juntas já estão um tanto quanto duras para um exercício desses, inspetor.

— Ainda assim, eu soube que já conseguiu fazer em outras ocasiões. Portanto, se não se importar...
— Pois bem — concordou.
Nigel sentiu que Alleyn estava dispensando-o da pantomima que ele tanto relutou em executar.
— Agora — prosseguiu o inspetor —, vou chamar o policial que me ajudou com o papel de sr. Rankin em outra ocasião. Este, imagino, seria um papel deveras doloroso para atribuir a um dos amigos da vítima. Está aí, Bunce? — O policial emergiu do gabinete. — Fique parado tal como antes, sim?
O policial dirigiu-se à bandeja de coquetel, pegou a coqueteleira e curvou-se com as costas para a escada.
— Obrigado — disse Alleyn —, assim está bom. Agora, sr. Wilde, a minha teoria é de que o assassino deslizou pelo corrimão, tirou o punhal da tira de couro naquela parede com a mão direita, inclinou-se e atingiu o ponto que queria. Poderia imitar os movimentos tal como eu falei?
— Parece um tanto fantasioso — disse Wilde, em dúvida.
— Não é? Vamos começar.
Mais silêncio. Então Wilde começou a subir a escada, sem pressa. Dois homens haviam aparecido no saguão, parando discretamente nas portas da sala de jantar e da sala de estar. Via-se um terceiro, em vulto, pela porta de vidro que dava para o vestíbulo.
As luzes, com exceção da luminária de parede acima da bandeja de coquetel, estavam todas apagadas.
— Qual é exatamente o procedimento? — A voz de Wilde soou lastimosa do alto assombreado da escada.
Alleyn repetiu a descrição.
— Não sou um astro da atuação — balbuciou a voz.
— Não tem problema... dê o seu melhor.
Mal se percebia a figura esguia montada no corrimão. Ela começou a se dirigir a eles bem devagar, os óculos reluzindo um pouco no escuro.

— Eu não aguento mais! — berrou uma voz feminina e repentina. Era a sra. Wilde.

Nigel, que estava com as mãos encostadas na poltrona de Rosamund Grant, sentiu o assento tremer.

— Mais rápido! — falou Alleyn em tom de urgência.

Wilde, inclinando-se para trás e prendendo-se ao corrimão pelos joelhos, disparou na direção da luz.

— Agora... o punhal — gritou Alleyn.

— Mas... eu... não entendi...

— Entendeu, sim. Com a mão direita. Estique-se para pegar a tira de couro. Incline-se... mais. Agora... o senhor pegou o punhal. Incline-se para o outro lado. Observem-no, observem com atenção. Incline-se para o lado de lá, homem... mais rápido... rápido como um raio. Agora... ataque. *Faça o que eu disse!*

A figura montada no corrimão mexeu o braço. Bunce caiu para a frente. A grande voz do gongo soou de novo — agourenta e intolerável. A voz do detetive surgiu através do som, agora animada:

— Isso! Assim! Foi assim que aconteceu. Acendam todas as luzes. Não se mexa, sr. Wilde. Desta vez o senhor está muito bem-vestido. As luzes, Bathgate!

Nigel acendeu o lustre central. O saguão foi inundado por luz branca e forte.

Wilde continuava montado no corrimão. O rosto, distorcido em uma careta, brilhava com suor. Via-se uma contração no canto da boca. Alleyn foi rápido na direção dele e disse:

— Excelente, mas o senhor deveria ter sido mais rápido... e se esqueceu de uma coisa. Veja! — De repente ele jogou uma luva amarela de couro de cachorro no rosto de Wilde e perguntou: — É sua?

— Que Deus leve a sua alma pútrida — disse Arthur Wilde.

— Prendam-no — falou Alleyn.

EPÍLOGO

Nigel olhava pela janela do vagão para o grupo de árvores invernais que diminuía rapidamente e cujos galhos fantasmas brilhavam com o calor de tijolos velhos. Uma espiral azulada de fumaça erguia-se de uma das chaminés, agitando-se com incerteza e espalhando-se como um espectro das silhuetas das árvores logo abaixo. Uma pequena figura caminhava pelo terreno onde Nigel havia passeado com Handesley. Já estava ficando escuro e uma leve bruma rondava o bosque.

— Adeus, Frantock — disse Alleyn.

O trem entrou veloz em um túnel e a imagem virou sonho.

— No seu caso, Bathgate, suponho que seja *au revoir*?

— Quem sabe? — murmurou Nigel. O detetive não respondeu.

Os dois ficaram bastante tempo sem falar. Alleyn anotou algo na cadernetinha. Nigel ficou pensando, confuso, nas suas estranhas aventuras e em Angela. Enfim, com os olhos na vidraça que escurecia, ele fez a pergunta:

— Quando você teve confirmação pela primeira vez de que era ele?

Alleyn pressionou um tufo de tabaco contra o bojo do cachimbo.

— Não sei — respondeu ele, enfim. — Percebe que foi você que, desde o início, me tirou do rumo?

— Eu? Como assim?

— Você não percebe... não percebe? Você depôs várias vezes que, durante aqueles cinco minutos fatais, esteve conversando ininterruptamente com Arthur Wilde. Assim como fez a pateta da esposa dele, aquela coitadinha! Ela nem suspeitou dele... Estava apavorada quanto ao que seria dela mesma. Ah, eu sei que você falou de boa-fé. Você achou que ele estava conversando o tempo todo. É claro que sim. Você tinha uma imagem mental inconsciente de Arthur Wilde deitado na banheira, lavando as orelhas. Você ouviu os barulhinhos... o chapinhar, o sabonete, a água correndo da torneira e assim por diante. Mas se pudesse ter visto!

— Visto?

— Enxergado através das paredes. Se a parede fosse como uma transparência no palco. Se pudesse ver Wilde entrar no banheiro, usando aquelas cuecas risíveis de que Rankin havia gargalhado, como você me disse, na mesma tarde! Você teria visto ele inclinar-se sobre a banheira, acionar as torneiras, ficar batendo na água com as mãos e mexendo os lábios enquanto conversava com você. Você teria assistido àquela figura inglória secar as mãos com muito cuidado, correr para o quarto de vestir da esposa e voltar com apenas uma luva. Ele empreendeu uma caçada nervosa pela luva esquerda, mas, na pressa, a fez cair no fundo da gaveta; ela entrou por um vão no móvel. Como você ficaria boquiaberto ao vê-lo quando abriu a porta (talvez dizendo algo para você primeiro), espiou o patamar da escada e, depois, assim que a empregada Ethel entrou no seu quarto, saiu. Oito segundos depois, o gongo soou e o banheiro ficou encoberto pelas trevas. De modo que você não viria aquele vulto voltar, tirar as roupas e jogar-se na banheira. Ainda assim ele conversou com você enquanto se banhava, e se banhava bem, caso o sangue de Rankin houvesse espirrado no corpo dele. Deve ter sido horrível esperar as luzes lhe mostrarem se a luva estava manchada. Imagino que ele a tenha enfiado no bolso para esperar até mais tarde, quando a sra. Wilde estava histérica na sala de estar e vocês, você e os outros, estavam todos agrupados ao redor dela. Foi a chance dele, ouso dizer, de correr ao saguão, lançar a luva da esposa na lareira e jogar carvão por cima. O botão de pressão teria ido junto com o resto se não houvesse caído pela grade e ficado na bandeja abaixo. A luva esquerda foi a minha primeira prova. Ele manteve a calma. Lembrou-se inclusive de dizer "você é o corpo" a outra pessoa que encontrou no patamar. Isso viria à tona com o restante das provas e deixou ótima impressão.

— Por que ele fez isso? — perguntou Nigel.

— Ah, a motivação... ou melhor: as motivações. Primeiramente, dinheiro. A esposa de Wilde deve mil libras a costureiras diversas. Ele está sendo cobrado pelo senhorio e está muito algariado, além de ter tido um grande desfalque com o último livro. Ele sabia que Rankin lhe deixaria três mil libras. Em segundo, temos dois motivos muito interessantes para Wilde receber de bom grado, se não maquinar, a morte de Rankin. Ele odiava o seu primo. Eu entrei a fundo no passado da relação entre os dois. Rankin maltratava e provocava Wilde quando eles estavam em Eton. Ele demonstrou uma espécie de desprezo insolente por Wilde nas relações posteriores. Soube por garçons de boates, por uma dama de companhia desprezada e por você, no seu relato inocente da troça de domingo, que Rankin flertava escancaradamente com a sra. Wilde debaixo do nariz do marido supostamente boa praça, dócil e distraído. Ele havia lido as cartas de Rankin. Aqui tive um golpe de sorte. O pacote de cartas que a srta. Angela apresentou na noite passada e que eu analisei e procurei impressões digitais hoje de manhã. A sra. Wilde não tocava nelas há algum tempo, mas ele havia tocado recentemente. Ele deve tê-la espionado metódica e diligentemente, e é claro que não haveria dificuldade em achar uma chave para a caixa Tunbridge. Possivelmente ela tinha alguma noção disso quando se correspondeu com a antiga costureira e confidente, pedindo que queimasse as cartas. O mais provável é que ela estivesse apavorada que fossem descobertas e que de algum modo a incriminassem. Devo dizer que o marido sentia um ciúme amargo.

"Ele é de inteligência imensa. Eu o observei de perto desde o começo. A interpretação dele do papel de testemunha consciente em nosso julgamento falso foi brilhante. A confissão subsequente no exato lugar do álibi cuidadosamente planejado, só foi sutil demais. Ele estava tentando fazer o jogo do blefe que se estende *ad infinitum*: 'Se eu disser que fui eu, ele nunca vai acreditar que fui eu, ou vai supor que eu assim raciocinaria e portanto vai suspeitar de mim; ou ele vai pensar que eu teria pensado nisso mesmo como inocente e, ainda assim, decidido a salvar a minha esposa, também teria me incriminado de propósito, e portanto eu não seria o culpado'. Ele provavelmente chegou até essa curva na estrada infinita e desvantajosa e, por impulso, tomou a decisão. Você encaixou-se maravilhosamente com uma recapitulação do álibi do sujeito e ele, por sua vez, fez uma interpretação sagaz do pretenso mártir derrotado pelos fatos.

"Desde aquele instante, eu estava certo quanto a Wilde. Mas precisava eliminar o elemento russo e montar a acusação. Que grande caso."

Alleyn ergueu as pernas compridas sobre o assento e ficou olhando para o porta-bagagem.

— Quando eu achei a luva esquerda de couro nos fundos da cômoda do quarto da sra. Wilde e fiquei sabendo que o fecho correspondia ao que eu havia sofrido para encontrar na lareira do saguão, percebi que estava na pista certa. Se ele houvesse usado as duas luvas e destruído as duas, deixando apenas o botão chamuscado, eu o teria localizado e poderia ficar tentado a suspeitar da esposa dele, quem sabe, embora eu houvesse notado que ele tem mãos pequenas. Mas a

luva esquerda ficou perdida atrás da gaveta e a impressão digital da esquerda estava no corrimão.
— Ele será condenado?
— Como eu vou saber? Lembre-se de que ele já confessou uma vez.
— Puxa, é mesmo! Que ironia amarga! Mas me parece que um advogado inteligente...
— Ah, é plenamente possível. Ainda assim, o que vocês vão dizer, em tribunal, quando forem questionados quanto ao comportamento dele nesse último momento, da reconstituição?
— O mínimo possível.
— E como Rosamund Grant vai responder quando convidada a dizer, em tribunal, se contou a Wilde da infidelidade da esposa?
— Ela fez isso?
— Tenho certeza de que sim. Ela saiu para uma caminhada com Wilde no dia após a conversa que ouviu entre Rankin e a sra. Wilde. A filha do jardineiro passou por eles e comentou que ela parecia muito agitada. Eu creio que ela se arrependeu do que fez e foi botar tudo para fora para Rankin no quarto dele naquela noite. O advogado com certeza vai fazer pressão sobre isso e perguntar por que ela não prestou conta do que fez. Ela estava com medo de Wilde, é óbvio.
— Será um julgamento pavoroso — disse Nigel.
— Será desagradável, mas ele não é do tipo que deveria ficar em liberdade.

O trem os conduziu por uma abundância de quintais suburbanos. Alleyn levantou-se e vestiu o sobretudo com dificuldade.

— O senhor é uma criatura extraordinária — falou Nigel, abruptamente. — Parece-me uma pessoa sensível como qualquer outra, mas de repente fez uma prisão. Os seus nervos pareciam tensos, pelo menos. Eu diria que estava detestando tudo. E agora, uma hora depois, profere chavões desumanos sobre os tipos em que as pessoas se encaixam. O senhor é muito esquisito.

— Seu moleque incompreensível! Isso é jeito de interrogar os grandes? Venha jantar comigo amanhã.

— Gostaria, mas não posso. Vou levar Angela para um espetáculo.

— Para fazer companhia?

— Vá para o inferno!

— Bom, eis que chegamos em Paddington.

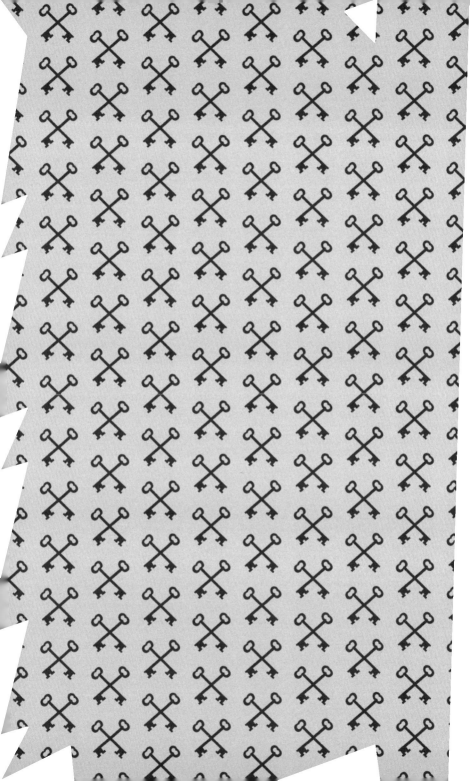

De *O Jogo do Assassino* a *Among Us*: Nosso eterno fascínio pelo *whodunnit*

Por Cláudia Lemes

Antes do jogo de smartphone *Among Us* virar febre, a brincadeira de se infiltrar num grupo de amigos e conseguir se safar depois de cometer um "assassinato" já existia há mais de cem anos. Os *parlour games* — jogos de salão — floresceram na era Vitoriana, e pode-se dizer que foram os precursores do RPG e dos *escape rooms*. O Jogo do Assassino, no qual uma pessoa num ambiente fechado finge matar outra e tenta enganar os colegas para que alguém seja condenado no seu lugar, é justamente o que coloca a trama simples, mas divertida, de *O Jogo do Assassino* (1934) em movimento.

Trata-se do primeiro romance publicado pela neozelandesa Ngaio Marsh (1895-1982) que, anos depois, confessou se encolher de vergonha ao se lembrar dele, por conta do que julgava ser uma trama inverossímil e uma caracterização superficial. Esse sentimento é comum entre nós, escritores, que, após décadas de carreira, olham para os seus romances de estreia com uma mistura de desconforto e orgulho. Marsh admite que, embora o livro tivesse sido uma empreitada experimental e imperfeita, foi a sua porta de entrada à escrita de ficção detetivesca.

A autora é hoje considerada uma das grandes damas da ficção criminal. Anualmente, um prêmio com o nome dela, o Ngaio Marsh Award, é dado à melhor obra de mistério, crime e thriller da Nova Zelândia. Em 1966, ela recebeu o título de Dama-Comendadora na Ordem do Império Britânico, oferecido a indivíduos que tiveram contribuição significativa no âmbito das artes, ciências e caridade.

O Jogo do Assassino se encaixa no subgênero *cozy mystery*, dentro da literatura policial, no qual um assassinato é cometido num ambiente aconchegante e cujo culpado encontra-se entre um rol de suspeitos em que todos guardam segredos, e mais de um deles tem motivo para o crime. Bibliotecas com tapetes persas e livros com capas em couro, mulheres elegantes e dissimuladas, cavalheiros que bebem conhaque e detetives frios e perspicazes... esses tropos já ocuparam lugares cativos nos corações de qualquer leitor de ficção de crime e, dado o sucesso de filmes recentes como *Entre facas e segredos*, as dezenas de refilmagens de clássicos da Agatha Christie e diversas novas séries sobre Sherlock Holmes, é seguro dizer que a narrativa detetivesca raiz nunca deixará de encantar o público.

No mistério de Ngaio Marsh, conhecemos Nigel Bathgate, que voltará em outros livros da autora. Uma vez que Nigel não move a trama para a frente, não usarei o termo "protagonista", embora ele seja o elo entre o leitor e a história. Como Nick Carraway, de *O Grande Gatsby*, Nigel é sugado para a história e enxerga os outros personagens como excêntricos, desagradáveis ou interessantes. Sem muita convicção, ele vai passar um final de semana de jogos na mansão de Sir Hubert Handesley, acompanhado por Charles Rankin, o seu primo canalha; o estranho médico russo, dr. Tokareff; o casal Arthur e Marjorie Wilde; a hóspede Rosamund Grant; e a sobrinha do anfitrião, Angela North. Esta última torna-se o interesse romântico de Nigel, sem deixar em momento algum de ser uma suspeita. Outros personagens, em especial funcionários da mansão, como o mordomo russo Vassily, completam o quadro.

O Jogo do Assassino termina numa morte real, chocando os convidados de Handesley e trazendo à trama um investigador, Roderick Alleyn. Trata-se do detetive recorrente nos livros da autora, mas que aqui aparece quase como personagem auxiliar. A investigação obriga todos a ficarem confinados na casa, selando a atmosfera para o *cozy mystery*. Marsh acerta ao mudar constantemente a pergunta da trama. Em um primeiro momento, o leitor fica mais curioso a respeito de quem irá morrer, para só então se questionar se o assassino da brincadeira é o assassino real, e depois quem tinha mais motivação — e oportunidade — para cometer o crime. Essencialmente, no entanto, a pergunta-chave da narrativa é quem matou, e com um limitado rol de suspeitos, acabamos desconfiando de todos.

Marsh segura a resposta do *whodunnit* (obras cujo objetivo do leitor é descobrir o culpado) para as últimas cinco páginas do livro, e, ao contrário dos colegas escritores, poupa o leitor de muitos capítulos de anticlímax e explicações. Sim, *O Jogo do Assassino* tem a sua cota do que hoje podem parecer clichês, mas tem elementos suficientes para ser lembrado, como a subtrama dos russos e a sociedade secreta deles, e a maneira peculiar como o momento do assassinato é descrito: já que as luzes se apagam, a cena inteira é narrada e depois recontada por sons. Outro ponto digno de nota é que, ao contrário da maioria dos romances do gênero na época, *O Jogo do Assassino* é composto em grande parte de diálogos, com pouca ação e descrição entre eles.

É estranhamente familiar e agradável ler um genuíno *cozy mystery*. Mesmo sem termos circulado em ambientes como a mansão de Handesley, constatamos, na descrição de Marsh, algo que nos provoca lembranças do que nunca vivemos, como no trecho: "Descobriu que era um misto de biblioteca e sala de armas. Tinha o cheiro agradável de encadernações em couro, de óleo para pistolas e de charutos.

Uma lareira ardia e os canos reluzentes do arsenal esportivo de Sir Hubert testemunhavam a Nigel todas as aventuras pelas quais ele ansiava e nunca tivera como pagar". Poucos de nós chegamos a frequentar uma alcova numa mansão no campo, mas, de alguma maneira, todos reconhecemos esse ambiente.

O mesmo acontece com os personagens. À medida que nos são apresentados, começamos a decifrá-los. Reconhecemos de imediato as Rosamund Grant e os Charles Rankin em nossas vidas, mesmo que essas lembranças sejam falsas, embutidas em nós desde que éramos crianças e nos divertíamos com jogos de tabuleiros como *Detetive*, com a nítida sensação de que conhecíamos intimamente o austero Coronel Mostarda ou a sedutora Senhora Rosa.

Já o inspetor de Marsh, Roderick Alleyn, compartilha características comuns aos detetives cavalheirescos das autoras que, com a neozelandesa, formam o quarteto chamado de "rainhas do crime": Agatha Christie, Dorothy L. Sayers e Margery Allingham. Alleyn se formou em Oxford, como o detetive Peter Wimsey, de Sayers, e serviu na Primeira Guerra Mundial antes de se tornar investigador da Metropolitan Police no início dos anos 1920. Foi o detetive dos 33 romances policiais de Marsh, tendo aparecido pela primeira vez em *O Jogo do Assassino* já com cerca de 40 anos e avançado na sua carreira na Scotland Yard, no cargo de inspetor-chefe. Em livros subsequentes, ele se casa com a pintora Agatha Troy, com quem tem um filho. Ele é atraente o suficiente para ser apelidado de "handsome Alleyn" (algo como "Alleyn bonitão"), muito alto e moreno. Como Poirot e Sherlock Holmes, ele parece distanciado e arrogante às vezes. Cita Shakespeare, leva o trabalho a sério e frequentemente é seco em diálogos. Alleyn é atento aos detalhes, curioso e implacável na busca por respostas.

Quanto à ambientação, é interessante notar que embora fosse neozelandesa, a autora situou boa parte das suas obras na Inglaterra. Ainda assim, ela escolheu a Nova Zelândia como ambientação para quatro dos seus romances. Num deles, *Color Scheme (1943),* incluiu na narrativa o povo originário Maori, o que chamou atenção para a história, que subverteu o gênero ao incorporar elementos do romance de espionagem e fazer críticas, embora veladas e sutis, ao Império Britânico.

É digno de nota que Marsh tenha sido atriz apaixonada pelo teatro, e a maneira como deixou registrada nos seus livros a admiração por Shakespeare, não apenas por meio das citações de Alleyn, mas também pela escolha da peça *Macbeth* para ambientar uma das últimas aventuras do detetive, no livro *Light Thickens*, de 1982. *Macbeth* é conhecida por trazer azar, a tal ponto que atores jamais pronunciam o nome, usando o termo "The Scottish Play" (a peça escocesa) para se referir à peça.

Hoje, na era de ouro do *true crime*, qual experiência pode *O Jogo do Assassino* proporcionar ao leitor que devora thrillers ácidos desenhados por curvas bruscas e *plot twists*? Creio que o resgate de obras detetivescas menos brutais ofereça a quem lê a oportunidade de ser convidado, junto com Nigel, a um jogo de sombras e detalhes, de objetos como punhais russos, luvas de couro de cachorro e caixas Tunbridge, no qual pistas falsas são plantadas tanto pela autora quanto pelo assassino.

De fato, o segredo para um bom mistério é saber manipular o leitor. Agatha Christie fazia isso brilhantemente ao inserir na cena a pista real — aquela que levaria o detetive à verdade —, mas também adicionando pistas falsas muito mais interessantes, às quais todos seguiam, tão seguros de que desta vez chegariam ao assassino. A própria origem da palavra *"clue"* (pista em inglês) é *clew*, que significava uma linha presa a um novelo. Basta o detetive, e o leitor, seguirem a pista certa para desemaranhar o mistério e solucionar o caso. Para responder à pergunta do parágrafo acima, o leitor moderno encontra neste romance de estreia de Marsh o melhor presente que a ficção de crime oferece: a possibilidade de se envolver ativamente na investigação de um assassinato, o que faz desta uma obra imortal.

Ngaio Marsh (1895-1982)

Ngaio Marsh foi uma escritora, atriz, pintora e diretora teatral neozelandesa. Estudou Artes com ênfase em pintura na Universidade de Canterbury. *O Jogo do Assassino* foi seu primeiro romance com o detetive Roderick Alleyn, protagonista de todas as suas 32 obras publicadas. Por sua genialidade na escrita de suspense, é considerada, junto a Agatha Christie, Dorothy Sayers e Margery Allingham, uma das Rainhas do Crime da Era de Ouro da literatura de mistério.

Este livro foi impresso pela Lisgráfica, em 2023, para a HarperCollins Brasil. O papel do miolo é pólen natural 70g/m², e o da capa é cartão 250g/m².